배신 기사의 유쾌한 신의 4

초판 1쇄 발행 2023년 8월 11일

지은이 ㅣ 가언
발행인 ㅣ 최원영
편집장 ㅣ 이호준
편집 ㅣ 유석희 송영규 강진경
편집디자인 ㅣ 한방울
영업 ㅣ 김민원

펴낸곳 ㅣ ㈜ 디앤씨미디어
등록 ㅣ 2002년 4월 25일 제20-260호
주소 ㅣ 서울시 구로구 디지털로 26길 111 JnK디지털타워 503호
전화 ㅣ 02-333-2513(대표)
팩시밀리 ㅣ 02-333-2514
E-mail ㅣ seed_dnc@dncmedia.co.kr
블로그 ㅣ blog.naver.com/gnpdl7

ISBN 979-11-6145-543-3 04810
ISBN 979-11-6145-506-8 (SET)

※ 저자와 협의하여 인지는 붙이지 않습니다.
※ 이 책은 ㈜ 디앤씨미디어(시드북스)가 저작권자와의 계약에 따라 발행한 것으로 본사와 저자의 허락 없이는 어떠한 형태나 수단으로도 내용을 이용할 수 없습니다.

배신기사의 유쾌한 신의

가언 판타지 장편소설

SEEDBOOKS FANTASY NOVEL

1장. 착하게 살라니까 · 7

2장. 광기는 전염되는 것 · 53

3장. 일을 몰고 다니는 체질 · 103

4장. 호기심은 고양이를…… · 151

5장. 마녀와 야수 · 199

6장. 승리자가 정의다 · 247

1장. 착하게 살라니까

착하게 살라니까

그 뒤의 여정은 제법 순조로웠다.

사소한 말싸움이 오가고, 누군가가 가슴을 쾅쾅 내리치며 속 터져 하면 또 누구는 낄낄 웃음을 터뜨리는, 와자지껄하면서도 아무도 눈여겨보지 않는 평범한 여정이었다.

그동안 아렌트는 완벽한 여행자 행세를 해냈다. 평소에도 여행을 즐겨 하며, 긴 외유는 처음인 형님을 모시고 덜떨어진 용병들과 함께 여정을 이어 가는 부잣집 차남.

그것이 이번 여행 중 아렌트가 만든 역할이었다.

이따금 쉼터나 여관에서 마주치는 여행객들과 편하게 말을 섞고 능청스럽게 거짓말을 늘어놓는 아렌트를 보며, 일행은 조금 아연실색할 수밖에 없었다.

그러면서도 어느새 은근슬쩍 물든 기사들 역시 용병 행세를 능청스럽게 해냈다. 애초에 연기 쪽으로는 소질이 없는 리히트는 그냥 입을 꾹 다무는 것으로 이 어설픈 극단에 힘을 보태 주었다.

덕분인지 첫날에 벌어졌던 해프닝 이외에는 큰 문제없이 목적지 근처까지 도착할 수 있었다.

영지의 성벽 가까이에 다다르자마자 리히트는 라이오스와의 통신을 마쳤다.

통신용 수정구를 다시 품속에 갈무리한 리히트가 동료들을 향해 간단히 보고했다.

"단장님 쪽도 근처까지 도착하셨다더군. 곧 정보부 소속 인원이 마중을 나올 거다. ······그런데 아렌트는?"

"저쪽에 있습니다."

아서가 고갯짓으로 한쪽을 가리켰다.

시선을 옮기자 한 무리의 여행객들 사이에 섞여서 가벼운 잡담을 나누는 아렌트가 보였다.

라이더가 아득하니 중얼거렸다.

"저 자식······ 가만 보면 은근히 여기저기 잘 섞인단 말이야."

이번 여정에서 알게 된 사실이었다.

싸가지 없이 툭툭 말을 내던지면서도, 초면인 사람들과 무난하게 대화를 이어 나가는 꼴이 신통할 지경이었다.

아서가 손을 휘휘 내저었다.

"황태자 전하랑도 농담 따먹기 하는 놈인데요. 뭘 새삼스럽게."

"그 점이 신기하다고."

글렌 역시 구시렁댔다.

몇 마디 나누면 속이 터질 것 같은데, 저놈의 요상한 언변에 휘말려 정신 차리고 보면 어느새 같이 헛소리를 지껄여 대고 있으니.

"망할. 그건 그렇고, 이제 들어가야 하지 않겠냐."

"그건 그렇긴 하죠."

얘기를 나누던 여행자들이 도시 안으로 들어가 버리고 아렌트가 타박타박 걸어 일행 쪽으로 돌아오자, 글렌이 곧장 타박을 주었다.

"넌 무슨 이야기를 그렇게 하냐? 눈에 띄면 어쩌려고."

"눈에 띄는 건 어쩔 수 없습니다. 내가 워낙 잘나서."

부웅!

주먹이 허공을 갈랐다. 하지만 아렌트는 고개를 젖히는 것만으로 간단히 피해 버렸다.

"쳇."

"충분히 깨닫지 않았나요? 괜히 굳어 있는 쪽이 훨씬 더 수상해 보입니다. 차라리 이렇게 고용주한테 주먹질하는 쪽이 훨씬 낫지."

사납게 으르렁대던 글렌은 뒤이어진 말에 입을 다칠 수밖에 없었다.

다시 똑바로 서서 옷을 툭툭 터는 아렌트에게 아서가 슬쩍 다가와 물었다.

"뭐래?"

"별건 없고. 겉보기에는 멀쩡해도 안 좋은 소문이 많은 곳이니까, 어지간하면 밤에는 숙소에서 나오지 말라고 충고하던데요?"

"아무래도 잘 찾아온 모양이지. 겉모습은 꽤 평화롭게 보이는데……."

리히트의 대꾸에 아서가 투덜거리듯 거들었다.

입구 안으로 어렴풋이 보이는 풍경은 고즈넉하고 조용한, 시골 마을 특유의 분위기가 고스란히 묻어났다.

그때.

바스락.

낯선 인기척에 기사들은 모두 입을 다물고 고개를 돌렸다. 사복 차림의 청년 한 명이 뭔가를 찾는 듯 주변을 두리번거리다 일행을 발견했다.

청년은 긴장한 기색이 역력한 얼굴로 그들에게 가까이 다가왔다. 일행 역시 덩달아 어깨를 조금 굳혔지만, 곧 몸에서 힘을 뺐다.

사전에 약속된 수신호였다.

"혹시, 기사님들 되십니까?"

"정보부 소속의 헨델인가?"

리히트가 앞으로 나섰다.

헨델이라고 불린 청년은 그제야 안도해서 고개를 끄덕였다.

"예, 헨델이라고 합니다. 미리 연락받았습니다. 이런 차림이라 죄송합니다."

"고생이 많군. 치안대 쪽은 괜찮나?"

"따로 휴가를 내고 왔습니다. 걱정하지 않으셔도 됩니다."

"휴가까지 냈다는 건, 역시 이곳 치안대장의 협조는 기대할 수 없다는 뜻인가?"

가만히 듣던 아렌트가 불쑥 끼어들었다. 그러자 헨델이 어색하게 고개를 끄덕였다.

"불행히도…… 그렇습니다."

기사들의 얼굴이 딱딱하게 굳었다.

주변을 급히 둘러본 헨델은 아무도 없다는 걸 확인하고는 빠르게 말을 이었다.

"대장님이 놈들에게 매수당했습니다. 저항하던 부대장님은 누명을 쓰고 투옥됐고, 그걸 본 다른 대원들은 반항할 엄두조차 내지 못하고 있습니다."

"모두가 대장 편을 드는 건 아닌가?"

가만히 듣던 리히트가 물었다.

"예, 대원 중 절반 정도는 기회를 보고 있습니다만…… 아무래도 세력이 세력인 만큼 함부로 나서지는 못하는 상황입니다."

"영주님은 이 상황을 모르시고?"

"예…… 치안대장이 영주님께 보고하지 못하도록 하고 있습니다. 다른 관리분들도 절반쯤은 한통속이고, 나머지 분들은 상황을 제대로 파악하지 못한 상태입니다."

도시 하나가 완전히 놈들에게 넘어가기 일보 직전인 꼴과 다르지 않았다.

아서가 쯧, 혀를 차고 머리를 벅벅 긁었다.

"그러면 당연히 신관님들께도 쉬쉬했을 테니, 신관이 없어지지 않았다면 신전이 나설 일도 없었겠네요."

거기다 체통을 지키겠다며 대신관이 이 일을 덮고자 하였으니, 아렌트가 들쑤시지 않았더라면 이곳은 그야말로 범죄자들의 소굴이 됐을지도 몰랐다.

대신관이야 자세한 사정까지는 몰랐겠지만.

아렌트가 어깨를 으쓱했다.

"일이 좀 골치 아파지긴 했지만 뭐…… 해야 할 일은 크게 다르지 않네요."

"일단은 숙소도 미리 마련해 뒀으니까 그쪽으로 가시죠. 밤이 깊은 뒤에 그쪽으로 안내해 드리겠습니다."

헨델의 말에 기사들이 고개를 끄덕였다.

* * *

잠시 후.

외곽의 여관에 자리를 잡은 그들은 짐을 대충 풀어 두고 방 하나에 모여들었다.

잠시도 시간을 지체할 수 없다는 듯 리히트가 가장 먼저 운을 뗐다.

"외부에 사설 도박장과 놈들의 근거지가 있다고 들었다."

"예, 그렇습니다. 밖의 도박장에서 사람을 모은 뒤, 그곳에서 눈에 띄는 사람들을 근거지로 초대해 본격적인 큰판에 끼어들게 하는 식으로 운영됩니다."

"눈에 띄는 사람이란?"

"단골이 되거나 아주 큰돈을 딴 사람, 반대로 완전히 탕진한 사람까지 모두 포함입니다."

헨델이 딱딱하게 굳은 얼굴로 말을 이었다.

"돈을 딴 사람은 더 큰 도박장에서 딴 돈을 모두 잃도록 유도하고, 빈털터리가 된 사람에게는 막대한 이자를 붙여서 돈을 빌려준다고 합니다. 빌린 사람은 그걸 자금으로 또 도박을 하고……."

"결국 빚을 감당하지 못하게 되어서 전 재산을 모두 탕진하게 되는 거군."

"그렇습니다."

글렌이 한마디 거들자 그가 고개를 끄덕였다.

"그런 식으로 돈을 갈취하고, 귀족과 관리들에게 뇌물을 바치면서 사업장을 점점 크게 확장해 가고 있습니다. 최근에도 대리인을 세워서 건물을 매입한 것 같았습니다."

"제법 상세하게 파악하고 있군. 혼자서 계속 추적한 건가?"

"예, 일단은요. 이런 식으로나마 도움이 되어서 다행입니다."

리히트의 말에 그제야 헨델이 흐린 미소를 지었.

청년을 향해 고개를 가볍게 끄덕여 준 리히트가 팔짱을 꼈다.

"일단은 행동 방침을 자세히 정해야겠군. 생각보다 더 까다로울지도 모르겠어. 제법 치밀하고 은밀하게 도시를 장악해 나간 것 같다. 어중이떠중이들이 아냐."

"그러게요. 그 정도 규모라면 경비도 삼엄할 겁니다. 일이 마무리될 때까지 무력 충돌은 최대한 피하는 게 좋겠습니다."

아서의 의견이었다.

실종자들의 행방을 알아낸 뒤 소란을 일으키고 빠져나온다. 아무래도 말처럼 시행이 쉬울 것 같지는 않았다.

한동안 듣기만 하던 아렌트가 입을 열었다.

"그 본거지라는 곳은 아무나 들어갈 수 있고?"

"돈 많은 손님으로 위장하면 가능하실 겁니다. 그런 사람들 전용 라운지도 운영한다고 하니까요."

"흐음……."

애매한 소리를 내며 견습 기사가 눈동자를 데굴 굴렸다. 그러자 기사들의 표정이 단박에 떨떠름해졌다.

동시에 똑같은 생각을 떠올린 그들을 대표해 아서가 입을 열었다.

"너, 또 무슨 꿍꿍이를 하는 거야?"

"손님 행세를 하는 건 좋은데, 그것만으로 우리가 원하는 정보를 빼낼 수 있을까 싶어서요."

의외로 순순히 대꾸가 돌아왔다.

"한 놈 잡아 족쳐서 정보를 캐낼 수 있을까 했는데, 꼴을 보아하니 그것도 어려울 것 같고. 그렇다면 우리가 할 수 있는 일은 의심을 사지 않고 그쪽에 침투하는 건데."

딱 거기까지 말한 아렌트가 제 선배들을 천천히 훑어보았다.

"도박할 줄 알아요?"

"……."

"주정뱅이 행세는요?"

"……."

다들 조개처럼 입을 딱 다물 수밖에 없었다.

바깥에서 용병 행세야 그럭저럭 해냈다지만 그것과는 차원이 다른 일이었다. 유흥과 타락의 현장에 섞여 든 채 어색하게 주변만 두리번거리고 있을 일행의 모습이 눈에 선했다.

지금껏 숨 쉬듯 익혀 온 기사다운 몸가짐과 황궁의 예법은 쉽게 감출 수 있는 게 아니었다.

아렌트가 한숨을 푹, 내쉬었다.

"처음부터 기대는 안 했지만…… 쓸모 있는 건 아서 선배 한 명뿐이려나요. 이쪽도 좀 못 미더운데."

"야, 야! 쓸모라니, 내가 물건이냐?"

"그럼 우리가 쓸모없다는 뜻이냐, 이 자식아?"

여기저기에서 서로 말이 다른 항의가 터져 나왔다.

아렌트는 귀를 틀어막고 아우성이 잦아들기를 잠시 기다렸다.

"그러면 뭐, 칼싸움도 잘하고 불량하기도 제일가는 진짜 건달들 틈에 섞여서, 뭐가 들었는지도 모를 궐련이나 뻑뻑 피우며 술 들이붓고 도박도 해 보시든가요."

"……."

순식간에 침묵이 흘렀다. 그 분위기에 익숙하지 않은

정보부 헨델은 식은땀을 흘리며 먼 산을 볼 뿐이었다.

리히트가 분위기를 정리했다.

"다른 좋은 생각이라도 있나?"

"어설프게 섞여 드는 것보다는 시끌벅적하게 시작하는 것도 괜찮을 것 같은데."

그게 도대체 무슨 소리야.

모두가 아연실색했다. 심지어는 딴청을 부리던 헨델조차도.

"엉거주춤 문이나 두드리는 것보다야, 문을 걷어차면서 여기 주인장 당장 나오라고 악 쓰는 게 더 자연스럽지 않겠습니까?"

"……."

저 자식이 지껄이는 헛소리는 때때로 아주 그럴듯하게 들린다는 문제가 있었다.

"한 치의 의심도 받지 않고 놈들 사이에 숨어드는 건 사실상 불가능한 일입니다. 그런 장사를 하는 곳일수록 초면인 손님은 누구라도 다 경계하는 법이니까요."

아렌트의 황금색 눈동자가 반짝였다.

"하지만 기선 제압부터 시작한다면? 애초부터 강렬한 인상을 남겨서, 이후에는 의심할 여지도 없이 혼을 쏙 빼놓는 겁니다."

그리고 가장 큰 문제는, 이 빌어먹을 애송이 견습 기사에게는 제 헛소리를 실현시킬 능력이 차고 넘친다는 거였다.

선배들이 제 말에 귀를 기울이기 시작했다는 것을 확인한 아렌트가 습관처럼 어깨를 으쓱였다.

"무턱대고 쳐들어가자는 건 아니고, 조금 더 상세한 작전을 짜 보자는 겁니다. 어차피 결과만 같으면 수단이야 어떻든 상관없잖아요."

"아니, 그건 아닌 것 같다만."

리히트가 조용히 반박했지만 당연히 무시당했다.

* * *

차가운 술이 목구멍을 타고 넘어갔다.

벌컥벌컥.

급하게 술을 모조리 비운 용병, 사이프는 쾅! 소리가 나도록 거칠게 잔을 내려놓았다.

"크으으, 여기 술맛은 변하질 않는군."

눈치 빠르게 다가온 점원이 다시 그의 잔을 가득 채워 주었다. 테이블 위의 마른안주도 입안에 한가득 털어 넣은 사이프는 그제야 커다랗게 한숨을 내쉬었다.

터무니없는 일에 휘말린 통에 몇 달 동안이나 구금당한 그였다. 거기다가 돈벌이로 제법 쏠쏠했던 밀수와 밀렵

등의 책임까지 물어 막대한 벌금까지 내야만 했다.

덕분에 빈털터리나 다름없는 꼴이 되었지만, 혹시나 이럴 때를 대비해 미리 숨겨 뒀던 비상금 덕에 어떻게든 다시 용병질에 나설 수 있었다.

더군다나 오늘 사이프는 기분이 아주 좋았다. 오랜만에 나선 일에서 한몫 단단히 챙긴 덕이었다.

그래서 아주 오랜만에 자기에게 투자를 하기도 했다.

여기는 얼핏 보기에 평범한 술집과 다르지 않았지만, 사실 별세계로 통하는 입구였다.

그곳은 음습한 꿈과 희망이 모인 성지였다.

잘만 하면 일확천금을 손에 넣을 수 있지만, 자칫하다가는 지금껏 쌓은 기반까지 모조리 잃어버릴 수 있는 위험천만한 유원지.

이곳에 몇 번이고 드나들었지만 잃었으면 잃었지, 유의미한 수익을 거둔 적은 단 한 번도 없었다.

하지만 사이프는 다시 한번 더 도전해 보기로 했다. 자금은 넉넉하게 챙겨 왔다. 이제 점원을 불러서 안내를 부탁하기만 하면…….

금덩어리를 가득 안은 채 의기양양하게 복귀하는 제 모습을 상상하니 흐뭇한 미소가 절로 흘러나올 지경이었다.

마침 바쁘게 어디론가 달려가는 점원을 발견한 그가 손

을 치켜들었다.

하지만, 다음 순간.

와장창!

접시가 깨지는 요란한 소리가 술집의 소음을 뚫고 터져나왔다.

"장사를 더럽게 하는군."

앳된 청년의 짜증 가득한 목소리도 거의 동시에 들려왔다.

"이걸 지금 안주라고 내오는 건가? 괜히 입만 버렸잖아. 사람이 많이 모이는 곳이란 소문을 듣고 일부러 찾아왔더니."

"죄송합니다. 바로 다시 내 드리도록 하겠습니다."

아까 사이프의 곁을 스쳐 지나간 점원이 고개를 푹 숙이는 것이 보였다.

소란을 피우는 청년 곁에는 용병도 여럿 있었다. 제 고용주를 지키려는 듯, 자리에서 벌떡 일어난 채 어깨를 쫙 편 용병들은 점원을 금방이라도 잡아먹을 기세로 쏘아보았다.

장소가 장소인 만큼 점원 역시 옛날에는 한가락 하던 놈이었다. 그러니 당연히 비루먹은 덩치는 아닐진대, 그 용병들은 점원이 우습게 보일 정도로 단단한 어깨를 자랑했다.

덕분에 정작 난동을 부리는 도련님의 얼굴은 덩치들에 가려 제대로 보이지 않았다.

"됐으니 제일 좋은 술 가져와. 이 개같이 맛없는 안주는 저리 치우고. 밖에 나가서 다른 걸로 사 오든가."

청년이 돈주머니를 꺼내더니 바닥에 툭, 던져 버렸다.

순식간에 주변이 조용해졌다. 사이프도 한순간 상황을 잊어버리고 눈을 크게 치켜떴다.

점원도 그 자리에 뻣뻣하게 굳어 버렸다.

주머니에서 와르르 쏟아져 나온 것들은 모조리 금화였다. 개수도 결코 적지 않았다.

'저걸 다?'

당황한 점원이 바닥에 쏟아진 금화와, 여전히 의자에 불량한 자세로 떡하니 앉은 도련님을 번갈아 살폈다.

사이프 역시 놈의 얼굴이라도 확인하고 싶은 마음에 고개를 쭉 뺐지만, 이번에는 엉거주춤한 자세로 선 점원의 몸에 가려진 바람에 제대로 보지 못했다.

한참의 진득한 침묵 뒤, 드디어 점원이 움직이기 시작했다. 금화를 다시 쓸어 담은 점원은 두 손으로 정중히 주머니를 돌려주었다.

"결례를 저질렀습니다. 혹시나 괜찮으시다면 다른 요리를 조달하는 것 대신 안쪽에서 대접해 드리고 싶습니다만."

사이프의 미간이 살며시 찌푸려졌다. '안쪽'이라 함은 분명히 숨겨진 라운지와 도박장을 말하는 것일 터.

'저 애송이, 실수했군.'

이런 곳에서는 함부로 돈을 내보여서는 안 됐다. 승냥이 떼에게 물려 죽게 될 테니까.

이곳에 환상을 가진 것도 맞지만 그렇다고 해서 마냥 낭만에 젖는 것도 곤란했다. 정신을 조금 놓치면 금세 가진 것을 모두 빼앗긴 채 빈털터리가 되기 일쑤였다.

아니지. 단지 잃기만 하면 오히려 운이 좋은 거였다.

이곳의 관리자들에게 막대한 빚을 지고 그걸 갚지 못하면 그 끝에는…….

"안쪽?"

아니나 다를까, 상황을 전혀 파악하지 못한 애송이의 의문 가득한 대꾸가 돌아왔다.

점원이 아까보다 훨씬 더 정중해진 목소리로 설명했다.

"특별한 손님을 모시는 공간입니다. 아무나 드나들 수 없는 곳이죠. 처음부터 그쪽으로 모셨어야 했는데…… 저희가 실수했습니다."

"흐음, 그렇단 말이지."

그런데…… 아까부터 애송이의 목소리가 묘하게 익숙히 느껴지는 건 기분 탓일까. 그럴 리가 없는데.

사이프는 조금 식어 버린 술을 들이켜며 소동이 벌어진 곳을 가만히 주시했다.

"준비하겠습니다. 조금만 기다려 주십시오."

고개를 푹 숙인 점원이 뛰어나갔다.

그제야 사이프는 소란을 부리던 놈의 얼굴을 확인할 수 있었다.

주르륵.

입에 들어갔던 술이 그대로 술잔에 쏟아졌다.

팔짱을 낀 채 나무 의자에 반쯤 파묻히다시피 한, 짜증 가득한 얼굴은 한 번 보면 잊기 힘들 정도로 미형이었다.

스스로 반짝이는 것 같은 새하얀 은발과 무슨 생각을 하는지 모를 황금색 눈동자가 데굴, 술집 내부를 한번 훑었다.

그 바로 옆에 앉은 금발의 남자도, 용병 중 체구가 조금 작은 편인 청년도 분명히 어디에선가 본 적 있는 낯짝이었다.

"……."

두 번 생각할 필요도 없이 벌떡 몸을 일으켰다. 일확천금이고 자시고 뒤도 돌아보지 않고 도망칠 생각이었다.

하지만 의자가 뒤로 밀려나며 난 드드득, 소리에 오히려 일행의 주의를 끌어 버리고 말았다.

무심코 소음이 난 쪽을 향해 고개를 돌린 은발의 청년.

그러니까, 견습 기사 아렌트 폰 에크하르트가 답지 않게 탄성을 터뜨렸다.

"어, 낯익은 아저씨네."

"……."

"술도 덜 마신 것 같은데 왜 일어나? 설마 튀려는 건 아니지?"

끼기긱.

사이프는 뻣뻣하게 굳어 버린 목을 억지로 돌렸다.

앳된 청년은 악몽 같았던 그날과 똑같이 사악한 미소를 씨익, 그렸다.

"오랜만에 만나니 반갑네. 인사 좀 하게 이리 와, 아저씨."

마침 곁에 있던 아서와 리히트 역시 그를 알아보고는 눈썹을 찌푸렸다.

"뭐야. 아는 사람이야?"

"글쎄요. 저걸 아는 사람이라고 해도 되나?"

라이더가 묻는 말에 아서가 애매하게 대답했다.

저 세 사람과 함께 있는 용병들의 정체도 쉽게 파악할 수 있었다.

사이프의 얼굴이 새파랗게 질렸다.

아렌트가 피식 웃으며 손가락을 까닥였다.

"이 정도면 아는 사이 맞지. 아저씨, 잠깐 이야기나 좀

하자니까? 이렇게 만난 것도 인연인데."

이제 사이프는 거의 울기 직전이었다.

하지만 지난 경험으로 반항해 봤자 글렀다는 건 충분히 잘 알고 있었다. 결국 그는 어깨를 축 늘어뜨리고 터덜터덜, 그들에게 합류할 수밖에 없었다.

* * *

누군가에게 돈을 뜯었으면 뜯었지 절대로 빼앗길 것처럼 생기지 않은 험악한 용병이 식은땀을 뻘뻘 흘리는 건 제법 진귀한 구경거리였다.

바로 옆에 바짝 붙어서 실실 웃음을 흘리는 사람이 사이프 체구의 반이 조금 넘을까 말까 한 아렌트이니, 그 모습은 더 기괴했다.

용병의 어깨에 팔을 걸친 채 아렌트가 고개를 갸웃했다.

"곤란하네. 이런 상황은 전혀 예상 못 했는데. 안 그래, 아저씨?"

"예…… 그렇습니다."

어깨를 푹 수그린 사이프가 간신히 고개만 끄덕였다.

퍽, 퍽. 아렌트가 등을 두드릴 때마다 그의 커다란 체구가 맥없이 흔들렸다.

아서에게 대충 상황 설명을 들은 다른 기사들은 꺼림칙한 눈이 될 수밖에 없었다.

저게 기사인지, 동네 불량배인지.

하지만 당하는 사람이 나쁜 짓을 밥 먹듯이 일삼는 놈이라니 딱히 태클을 걸 지점도 없었다.

널찍한 사이프의 등짝에 제 손을 올려놓은 아렌트가 음산하게 말을 건넸다.

"그러게 착하게 살라니까. 그랬으면 피차 이 꼴은 안 봤을 거 아냐."

"……."

꾸울꺽.

사이프가 마른침을 삼켰다. 새파랗게 질린 얼굴이 안쓰러워 보일 지경이었다.

한숨을 푹 내쉰 리히트가 입을 열었다.

"그래서, 어쩔 거지? 장난칠 시간은 별로 없어."

곧 점원이 돌아올 터였다.

아렌트는 흠, 하는 소리를 내며 고개를 기울였다.

"그러게요. 설마 여기서 얼굴을 아는 놈을 만날 줄은. 밖에 나가서 나불대면 곤란한데……."

잠깐 고민하던 견습 기사가 아무렇지도 않게 툭 내뱉었다.

"그러고 보니 시체는 말을 못 하죠?"

"……!"

사이프가 소리 없이 경악하고, 다른 기사들도 상상을 초월한 후배의 발언에 기겁했다.

다행히 아렌트의 기행에 어느 정도 익숙한 아서가 사이프를 구원해 주었다.

"그럴 시간 없다니까. 몰래 죽여서 시체 처리하는 게 더 오래 걸려."

"그것도 그렇군. 뭐, 그러면 별수 없지. 어차피 목적지도 같은 것 같은데."

툭.

아렌트가 사이프의 어깨를 한 번 더 두드렸다.

"같이 가자고."

"예, 예, 예?!"

"왜. 뭐 문제 있어? 아저씨도 재미 좀 보려고 온 거 아냐?"

소스라치게 놀라는 그에게 아렌트가 슬쩍 미소 지어 주었다.

"유감스럽게도 내가 고용한 용병들은 영 놀 줄을 몰라서. 아저씨가 한 수 가르쳐 주면 참 고맙겠는데."

"……."

"싫으면 뭐, 우리가 수고를 들이는 것도 나쁘지 않고. 어쩔래?"

결국 그가 할 수 있는 대답은 딱 하나밖에 없었다.
사이프는 고개를 푹 떨구고 웅얼거렸다.
"가겠습니다……."
"든든한 동료가 생겼군."
농담인지 진담인지 구분 안 되는 리히트의 목소리가 들려왔다.
이야기가 그렇게 정리되자 용병으로 위장한 다른 기사들도 고개를 주억거리며 다들 수긍하는 분위기였다.
아렌트도 아렌트였지만, 솔직히 다른 사람들도 제정신이 아닌 건 마찬가지인 것 같았다. 저 미친놈의 광기에 다들 전염된 건지, 아니면 처음부터 다 이상한 사람이었던 건지.
어차피 한 번 사는 인생, 착하게 살걸.
뒤늦은 후회가 밀려들었지만 이미 때는 늦은 뒤였다.
눈물인지 식은땀인지 모를 짭짤한 물방울이 한 방울 또옥, 떨어졌지만 그를 동정하는 사람은 아무도 없었다.
곧 점원이 다른 사람 둘을 더 데리고 헐레벌떡 다가왔다.
"오래 기다리셨습니다. 안으로 모시겠습니다."
"……잠깐. 자네는 사이프 아닌가?"
그때, 사이프를 알아본 한 사람이 인상을 팍 구겼다.
그러자 아렌트가 뻔뻔하게 대꾸했다.

"내 지인인데, 문제 있나? 방금 우연히 만났거든. 동행했으면 하는데."

"아, 그러셨군요. 문제라뇨. 그런 건 전혀 없습니다."

언제 그랬냐는 듯 얼굴을 활짝 편 남자가 손사래를 쳤다.

사이프는 억지로 웃었다. 등허리가 점점 축축해지고 있었다. 저 남자가 누구인지, 사이프는 잘 알고 있었다.

그는 도박만 하러 온 허접쓰레기들을 진짜배기 부자나 귀족 손님과 섞이지 못하도록 걸러내는 일을 하는 라운지의 최고 관리자였다.

돈 많은 애송이, 세상 물정 모르는 호구처럼 보이는 아렌트를 낚으려 손수 뛰어나온 모양이었다.

그 도련님이 사실은 먹잇감을 노리는 독사 새끼와 다르지 않다는 것도 모르는 채로.

'아수라장이 되겠구나.'

라운지로 향하는 일행을 따라 터덜터덜 걸으면서 사이프는 그냥 체념해 버렸다.

무사히 돌아갈 수만 있다면 이번에야말로 착하게 살겠다고 굳게 다짐하면서.

* * *

안내를 받아 숨겨진 공간으로 들어가면서도 기사들은

얼떨떨할 뿐이었다.

 난동을 피웠는데 결과적으로는 극진한 대접을 받으며 가장 좋은 라운지로 안내받는다니.

 게다가 이상한 동지 하나까지 얻은 채로.

 귀한 손님 대접을 해 주며 앞장서는 저자들은 짐작이나 할 수 있을까. 저놈의 행동 하나하나가 계산되었다는걸.

 진상 손님인 척 연기할 때까지만 해도 점원은 공손하긴 했지만 분명히 적대적인 태도를 보이고 있었다.

 하지만 돈주머니를 바닥에 던져 버린, 사소하다면 사소한 그 작은 행동 하나로 아렌트는 그들이 필요한 결과를 이끌어 낸 거였다.

 천연덕스럽게 그런 일을 해내는 꼴이 솔직히 섬뜩할 지경이었다.

 보통 그걸 계산하는 게 가능한가…… 기사들의 표정이 착잡해졌다.

 저놈의 손바닥 위에서 황궁의 중신들도 놀아났으니 새삼스러울 것도 아니었지만.

 그런 와중에 아렌트는 태연하게 주변을 둘러보았다.

 "술집은 그리 커 보이지 않았는데, 다른 건물로 가는 통로를 만들어 둔 건가?"

 "예, 그렇습니다. 상가 건물을 조금 개조한 겁니다."

 "흐음, 자금을 꽤 들였겠군."

술집 근처는 다른 상가 건물이 다닥다닥 붙은 번화가였다. 줄줄 이어진 건물들의 벽 뒤에 그들이 말하는 '라운지'로 향하는 숨겨진 복도를 만들어 둔 거였다.

"다른 손님들도 다 이런 식으로 안내하나? 그러면 좀 성가실 것 같은데. 비밀 유지도 신경 써야 할 거고."

"귀하신 분들인데, 전혀 성가시지 않습니다. 다른 손님들이 이용하는 통로도 따로 있고요. 여기는 특별한 고객님들만 모시는 곳입니다."

"그렇군."

아렌트가 시큰둥하게 고개를 끄덕였다.

대화가 끊어질 기미가 보이자 안내인은 힐끗 눈치를 보더니 화제를 돌렸다.

"사적인 질문이지만…… 두 분은 형제이신지요?"

지금까지 줄곧 입을 다물고 있던 리히트를 대화에 끌어들이고 싶은 모양이었다.

리히트가 멈칫하자 아렌트가 자연스레 고개를 끄덕였다.

"형님이 워낙 노는 방법을 모르셔서, 일부러 모시고 멀리까지 여행을 나왔지. 나는 평소에도 잘 돌아다니는 편이지만 형님은 작위를 이어받을 사람이라 함부로 나다니지 못하거든."

"아…… 저희가 공자님을 미처 못 알아뵈었군요. 실례

했습니다."

"이런 자리가 익숙하지 않은 분이니까 너무 괴롭히지 마. 그리고 생긴 것만큼 고지식한 인간이라, 사실 지금 상황도 별로 마음에 안 들어 하실걸. 안 그러십니까?"

아렌트가 자신 쪽을 힐끗 쳐다보며 농담조로 건넨 말에 리히트는 제가 해야 할 일을 알아차렸다.

못마땅하다는 표정을 지으며 슬쩍 고개를 돌리자 아렌트가 만족스럽게 어깨를 으쓱였다.

"이왕 놀러 나온 건데 표정 좀 푸시죠?"

"……."

"재미없긴."

리히트가 입을 꾹 다물어 버리자 아렌트는 그냥 신경을 꺼 버렸다. 이걸로 다른 사람이 그에게 쓸데없는 말을 걸지는 않을 것이다.

제법 긴 복도가 드디어 끝이 보였다.

먼저 달려간 안내원이 화려한 조각으로 장식된 문을 활짝 열어 주었다.

예민한 감각에 미묘하게 바뀐 공기의 냄새가 가장 먼저 찾아들었다. 들큼한 술과 향수 냄새, 그리고 허공에 짙게 밴 담배 냄새가 뒤섞여 후각을 찔렀다.

왁자지껄 떠드는 소리는 그 뒤였다.

누군가가 껄껄 웃어 젖히고, 취객이 꼬인 발음으로 주

정을 늘어놓는 공간 속으로 아렌트는 서슴없이 성큼성큼 들어갔다.

그를 맞이한 것은 2층의 발코니였다.

높은 천장에는 태양을 대신해 거대한 샹들리에가 제 빛을 뽐냈고, 고풍스러운 분위기의 난간 너머로 아래층의 모습이 훤히 보였다.

"와……."

어처구니가 없어서 감탄사가 절로 흘러나올 지경이었다.

1층은 향락에 젖은 사람들로 가득했다.

술병이 가득 올라간 테이블에서 노신사들이 시가를 뻑뻑 피워 댔고, 잘 차려입은 직원들은 그 사이에서 바쁘게 술과 음식을 날랐다.

한쪽에 마련된 도박장에서는 눈이 벌게진 신사숙녀들이 마지막 남은 금화를 꽉 쥐고 벌벌 떨어 댔다.

그중에는 사이프 같은 용병들도 보였다.

초조함에 술을 연신 들이켜는 사람도 있었다. 누군가는 두둑해진 주머니를 끌어안고 싱글벙글 웃어 댔고.

"어떠십니까. 제법 멋지지 않습니까?"

"훌륭한걸. 이런 곳이 있는 줄은 몰랐는데."

"마음에 들어 하실 줄 알았습니다. 일단은 분위기를 먼저 즐겨 보시는 건 어떠십니까? 필요하시다면 곁에서 안내해 드리겠습니다."

"나야 고마운데, 딸린 혹이 많아서."

그렇게 말하며 아렌트가 슬쩍 뒤를 곁눈질하는 시늉을 하니 안내원이 눈치 빠르게 고개를 끄덕였다.

"형님 되시는 분께는 다른 사람을 붙여 드리겠습니다. 아무래도 천천히 적응하시는 게 좋겠지요."

"어디 조용한 곳에 자리라도 마련해서 모셔. 시끄러운 걸 별로 안 좋아하시거든. 아까도 말했지만 괜히 말 섞지 말고. 어이, 너. 너만 따라와."

"예, 알겠습니다."

잽싸게 아서가 곁으로 따라붙었다. 이 기회에 도망칠 수 있을지 눈치를 보던 사이프의 옷깃까지 덥석 잡아챈 아렌트가 리히트에게 빙긋 웃어 보였다.

"형님, 이따 뵙죠."

"……그래, 알았다."

정말 내키지 않다는 듯 리히트가 굳은 얼굴로 고개를 끄덕였다.

아서는 다른 직원의 안내를 받아 멀어지는 리히트 쪽을 조금 걱정스럽게 힐끗 보았다.

'이거 괜찮은 거 맞나.'

여기까지는 미리 논의한 대로 순조로웠다.

괜히 몰려다니다가 의심을 사는 것도 곤란하니 둘로 나

뉘서 내부를 살피자는 게 아렌트의 의견이었다.

"선배들은 일단 한곳에 자리 잡고 분위기를 살펴요. 돌아다니면서 정보를 캐는 건 저랑 아서 선배가 하겠습니다."

어조는 싸가지 없었지만 틀린 말은 또 아니었기에 그들은 얌전히 수긍했다.
하지만…… 진짜 괜찮을까. 작전이라고 말할 건 딱 거기까지가 끝이었다. 이제부터는 정말 각자 눈치껏 움직여야 하는 것이다.
아서의 걱정은, 아렌트가 제 속을 제대로 내보이지 않는 놈이라는 점에 있었다.
'다른 꿍꿍이가 분명히 있을 텐데.'
아렌트와 단둘이 행동에 나선다는 건 결국 저놈이 무슨 짓을 하건 혼자 고스란히 감당해야 한다는 뜻이었으니까.
"그나저나 당신은 말이 참 잘 통하는군. 이름이 뭐지?"
"멀린이라고 합니다, 공자님."
그런 와중에도 아렌트는 관리자와 통성명이나 해 대고 있었다.
"멀린 씨, 여긴 만들어진 지 오래됐나? 단속을 피하기가 쉽지 않았을 텐데."

"윗분들이 고생해 주셨습니다. 덕분에 저희도 이렇게 손님들을 편히 모실 수 있는 거지요."

어디로 시선을 둬도 화려한 장식들 때문에 눈이 어지럽고 지독한 연기와 향수 냄새로 속이 메스꺼울 지경이었다.

임무가 아니라면 실수로라도 발을 들여서는 안 될 공간이었지만, 아렌트는 어느새 완벽히 녹아들어 있었다. 이곳저곳을 둘러보다 다시 멀린과 시선을 맞추고, 질문을 던지며 호기심을 보이는 모습은 그저 자연스럽기만 했다.

하지만 이제 아서는 안다. 저 몸짓, 말투 하나하나 모두 아렌트가 일부러 만들어 낸 것임을.

여러 의미로 기가 막힌 놈이었다.

문제는 실종자를 찾는 건데…….

이런 공간에서는 사람이 쥐도 새도 모르게 없어져도 아무도 모를 것 같긴 했다.

사람들은 남에게 전혀 관심을 두지 않았고, 그마저도 절반 이상은 술에 취하든 도박에 절든 제정신이 아닌 것처럼 보였으니까.

저 손님들의 대화를 엿들어 봤자 뭔가를 알아낼 수 있을 것 같지는 않았다. 마찬가지로 저 멀린이라는 사람도, 같은 제복을 차려입은 다른 사용인들에게서도 뭔가를 얻어 내기에는 쉽지 않아 보이고.

그런 상황이니 두고 온 사람들이 크게 도움이 될 것 같지도 않았다.

'무슨 생각이냐, 넌.'

지금 기대할 수 있는 건 저 얄미운 후배 놈의 기지뿐이었다.

그의 생각을 읽기라도 한 듯, 아렌트가 우뚝 걸음을 멈추었다. 곁에서 걷던 사이프와 아서도 반사적으로 멈칫했다.

"그러면 우선……."

다음으로 들려온 아렌트의 목소리에 아서는 마른침을 꿀꺽 삼켰다.

아렌트는 힐끗 뒤를 돌아보며 툭 내뱉었다.

"우리도 놀아 볼까?"

"예?"

순간 습관대로 반말이 튀어 나갈 뻔한 것을 가까스로 잡아챘다.

멀린이 환하게 미소 지었다.

"여기까지 오셨는데 당연히 그러셔야지요. 제가 좋은 자리로 안내해 드리겠습니다."

"잘만 하면 경비도 두둑하게 마련하겠는데."

덩달아 슬쩍 웃는 아렌트는 정말 미지의 세계에 한껏 기대감을 가진 20살짜리 철부지 도련님 같았다.

저게 연기라는 걸 잘 아는 아서조차도 한순간 섬뜩해질 정도였다.

"너희도 모처럼 즐겨 봐야지. 자."

품을 뒤적거린 아렌트가 금화를 한 주먹 꺼내 사이프와 아서에게 건네주었다.

두 사람이 눈을 휘둥그레 떴다.

"이걸, 다요?"

"그깟 거 얼마 한다고. 왜, 손이 떨려?"

기겁한 사이프가 재우쳐 묻자 아렌트가 피식 웃었다.

기가 막힌 건 아서도 마찬가지였다.

저놈이 부자라는 건 아서도 잘 알았다. 이제 가문의 지원은 전혀 받지 못하겠지만, 노이만 상단과의 연줄이 있었으니까.

게다가 황태자가 찔러준 마정석도 아직 남아돌 테니, 그중 몇 개만 팔아도 흥청망청 쓰기에 모자람이 없을 터였다.

그런데 그걸 여기서 흩뿌린다고?

아서의 머릿속이 물음표로 가득 차든 말든, 아렌트는 한창 게임이 진행 중인 테이블 쪽으로 성큼성큼 걸어갔다.

곁에서 멀린이 잽싸게 규칙을 알려 주었다.

"룰렛을 돌리고, 그 안에 쇠구슬을 던져 넣는 겁니다. 룰렛이 멈췄을 때 쇠구슬이 어느 숫자 칸에 들어가는지 맞추면 승리지요."

"간단하니 좋네."

테이블 한가운데에 설치된 동그란 룰렛은 1부터 100까지의 숫자가 새겨진 칸으로 나누어져 있었다.

"와아아아!"

마침 다른 쪽 테이블에서 결과가 나온 건지 커다란 함성이 터져 나왔다. 절규와 들뜬 탄성이 뒤섞인, 정신이 나갈 것 같은 열기가 광분한 남녀를 점점 더 나락으로 몰아갔다.

망연히 그 꼴을 바라보던 아서는 곧 한숨을 푹 내쉬며 금화를 갈무리했다.

지금 자신의 기분이나 감정 따위는 그리 중요하지 않았다. 이건 일이니까.

아렌트가 빈 테이블에 합류하자 멀린이 재빨리 앞서 나가 모두에게 들으라는 듯이 외쳤다.

"여기, 이 젊은 공자님께서도 함께하시겠답니다. 모쪼록 즐거운 시간 보내시길 바랍니다."

"오오……! 이거 처음 보는 얼굴이군."

"어때, 자금은 좀 있는가?"

당연히 반응은 뜨거웠다.

아서는 조금 체념하고서 제 후배가 하는 양을 그냥 지켜보기로 했다. 어쩌면 여기야말로 저놈이 제 특기를 가장 잘 발휘할 수 있는 자리일지도 모른다.

사람의 시선을 휘어잡는 그 기이한 능력을.

쿠웅!

제법 묵직한 소리를 내며 돈주머니가 테이블 위로 떨어졌다.

슬쩍 열린 입구 사이로 보인 금화와 보석들에 도박꾼들의 눈이 튀어나올 듯 크게 떠졌다. 멀린의 입이 귀에 걸린 건 두말할 것도 없었다.

의자에 털썩 걸터앉은 아렌트가 은근한 미소를 지었다.

"뭘 물으나 마나 한 질문을."

장난기 넘치는 황금색 눈동자가 샹들리에 빛을 받아 묘한 빛으로 반짝였다.

그 뒤부터 완전히 아렌트의 독무대가 벌어졌다.

뜻밖의 돈을 얻어 싱글벙글하던 사이프까지 입을 쩍 벌리고 멍하니 바라볼 정도였으니 말 다한 셈이었다.

돈을 잃거나 따는 게 중요한 것이 아니었다.

한차례 룰렛이 돌 때마다 아렌트는 허공에 돈을 흩뿌렸다. 잃으면 혀를 차면서도 다음 판에 또 거액을 걸었고, 자신이 따면 기분이 좋다며 합석한 사람들에게 또 금화를 뿌렸다.

그러다 보니 주변 테이블에 있던 사람들도 기웃대며 구경하러 들어왔다가 합류하는 경우까지 생겼다. 아렌트는 어느새 왕처럼 떠받들어지는 중이었고.

"으하하! 젊은 형씨가 아주 통이 크군!"

"원래 이런 건 즐기면서 해야 하는 것 아니겠습니까?"

평소 다른 사람들과 몸 닿는 것도 썩 좋아하지 않는 주제에, 아렌트는 처음 보는 사람들과 어깨동무도 하고 남들이 권해 오는 술도 거절 없이 마셔 가며 분위기를 완전히 휘어잡았다.

더군다나 새파란 청년이 돈을 잃든 따든 별 상관없다는 태도를 보이니, 흥이 오른 도박꾼들이 돈을 펑펑 써 대는 꼴을 보며 박수를 짝짝 치는 것도 당연한 일이었다.

그러니까 지금 아렌트가 하는 짓거리를 간단히 줄여 말하자면…….

'돈지랄이군.'

한 발짝 물러선 곳에서 아서가 아득하게 생각했다.

'저 새끼는 돈 못 써 죽은 귀신이 붙었나.'

그럴 리가 없는데.

저놈이 돈에 찌들어 살았던 적은 단 한 번도 없었다. 제 아버지와의 사이가 어쨌든 명문 귀족가의 자식이니까.

그러니까 저 꼴은 단지, 돈을 펑펑 쓸 줄 아는 놈이 이때다 싶어 고삐를 풀어 헤치고 마구 날뛰는 것이라고 보는 쪽이 더 옳을 터였다.

'그런데 왜 저렇게 즐거워 보이냐.'

평소보다 얼굴 근육을 활발히 움직이는 아렌트를 물끄러미 바라보자니 좀 떨떠름해지는 기분이었다.

귀족가 도련님의 알맹이에 평생 식비까지 아껴 가며 궁상맞게 살던 가난한 배우가 들어가 있다는 건, 아서는 꿈에도 모를 일이었다.

아서가 그러거나 말거나 아렌트가 판돈을 올리고 다른 사람들에게도 돈을 뿌려 대며 점점 룰렛 하나에 걸리는 액수가 높아지고 있었다.

룰렛을 돌려 주던 진행자는 당황해서 멀린 쪽을 보았다. 하지만 입을 헤, 벌린 것은 멀린 쪽도 마찬가지였다.

저 새파란 놈이 돈을 꽤 많이 가지고 있을 거라 예상하고서 여기까지 데려온 건데, 이건 상상 이상이었다.

그냥 자아도취 때문에 앞뒤도 분간하지 못하는 머저리인지 아니면 진짜 돈이 썩어 넘치도록 많은 건지는 모르겠지만, 이대로는 안 된다는 생각이 들었다.

퍼뜩 정신을 차린 멀린이 성큼성큼 아렌트 쪽으로 다가갔다.

"공자님, 즐거우십니까?"

"재미는 있는데 슬슬 지루하군. 이런 곳에서 돈을 따 봤자 그리 큰 의미도 없고."

아렌트가 기다렸다는 듯이 대답했다.

멀린은 그 대답을 예상했다는 듯 몸을 살짝 숙여 아렌

트 귀에 대고 속삭였다.

"그렇다면 다른 곳은 어떠십니까?"

"다른 곳?"

"맛보기는 이쯤 해 두고, 안쪽에 좀 더 멋진 공간이 있습니다. 분명 공자님께서도 마음에 들어 하실 겁니다."

"으음……."

짐짓 고민하는 척, 뜸을 들이던 아렌트가 곧 고개를 끄덕였다.

"그렇게까지 말한다면야, 가 보지 뭐."

아렌트는 몇 걸음 물러서 있던 아서와 사이프 쪽을 힐끗 곁눈질했다.

"일행도 동행 가능하겠지?"

"동행은 가능하지만, 호위분들은 따로 대기실에서 기다려 주셔야 합니다."

사이프가 옆에서 '나는 호위가 아닌데, 어쩌구' 하고 중얼거리다가 아서에게 꾹 옆구리가 찔려 입을 닥쳤다.

그러면서도 아서는 찜찜한 얼굴로 아렌트를 보았다.

"진짜 괜찮으십니까?"

"설마 위험한 일이야 있겠어."

하지만 아렌트는 그저 태연하기만 했다.

거기에서 아서가 더 첨언할 수 있을 리 없었다. 어쨌든 지금은 도련님을 모시는 일개 용병일 뿐이니까.

멀린이 빙그레 웃으면서 고개를 끄덕였다.
"그렇다면 바로 모시겠습니다."

* * *

왁자지껄한 자리를 벗어난 세 사람이 멀린의 뒤를 따라간 곳은 한 층 아래의 지하 공간이었다.

아렌트의 뒤를 따라 걸으며 아서는 남몰래 주변을 면밀히 살폈다.

'겉에서 보면 평범한 1층짜리 상가인가.'

건물 아래로 지하를 깊이 파서 공간을 마련한 것 같았다. 계단을 따라 한 층 아래로 내려가니 어지러운 소음들이 아득하게 멀어지고 분위기가 사뭇 다른 공간이 나타났다.

"아무래도 공자님 같은 귀하신 분들께는 이런 곳이 더 낫겠지요."

그러는 사이에도 멀린은 연신 굽실대며 아부를 떠는 데 여념이 없었다. 속이 느글거릴 만한데도 아렌트는 표정 변화라고는 하나도 없이 시큰둥하게 대꾸할 뿐이었다.

"시끄럽지 않은 건 좋네. 아까 저기는 냄새가 너무 심하더군. 환기에 좀 더 신경 쓰는 건 어때?"

"예, 제가 그렇게 건의해 보겠습니다."

두꺼운 카펫은 위층에 깔린 것과는 재질부터가 달랐다. 긴 복도는 아름다운 촛대와 조각상들로 장식되었다. 양쪽으로 드문드문 나타나는 문들도 여느 성 부럽지 않게 화려했다.

게다가 복도 곳곳에는 그런대로 차려입은 호위병들도 보였다.

도대체 이 조직의 재력이 어느 정도인지 가늠이 되지 않을 지경이었다. 뒤를 봐주는 귀족들도 다수일 터.

거기까지 생각이 미친 아서는 다소 심란해졌다.

'도대체 몇 명이 엮일지······.'

이번 일도 결코 곱게 끝나지 않을 거라는 직감이 들었다.

고개를 슬쩍 돌리니 얼빠진 얼굴로 두리번대는 사이프가 보였다. 이놈도 여기까지 들어오는 건 처음인 듯했다.

그렇다면 여기는 아무에게나 공개하지 않는 비밀 공간이라는 뜻일 텐데, 정말 말도 안 되는 일이었다. 이렇게 쉽게 적의 심부까지 침투하다니.

"이쪽으로 들어가시면 됩니다. 두 분은 바로 옆방에서 대기하시죠. 술과 안주가 준비되어 있습니다."

고개를 끄덕이며, 아서는 아렌트를 힐끗 보았다. 그와 눈을 마주친 아렌트가 살짝 입꼬리를 휘어 미소 지었다.

"그러면 이따 만나자고."

퍽 의미심장한 말에 아서의 미간이 살짝 구겨졌다. 하

지만 아렌트는 그를 등지고 성큼성큼 걸음을 옮겨 방 안으로 들어가 버렸다.

문이 소리 없이 닫혔다.

아서와 사이프까지 떼어 낸 지금, 아렌트는 완벽히 혼자였다.

그는 시선을 정면으로 옮겼다.

화려한 옷차림의 신사가 소파에 기댄 채 뻑뻑 시가에서 연기를 피워 댔고, 드레스 차림의 한 여성은 초조하게 장갑 낀 손끝을 뜯어 댔다.

'말하자면 여기가 VIP 구역인가.'

용병이나 평민들이 노는 공간은 따로 있고, 방금까지 있던 판은 돈 좀 있는 졸부나 아렌트가 이번 콘셉트로 잡은 도련님, 아니면 하급 귀족들을 위한 곳.

그리고 이곳에 모인 사람들이 진짜배기인 거겠지.

"멀린, 어쩐 일로 애송이를 데리고 왔나?"

남자가 아렌트를 아래위로 훑어보며 씨익 웃자 멀린이 단박에 너스레를 떨었다.

"젊은 공자님이 보통이 아니십니다. 분명 함께 좋은 시간을 보내실 수 있을 테지요."

"정말 악질이야, 자네는. 앞길 창창한 젊은 애를 이런 곳에 끌어다 놓다니."

한쪽에서 또 다른 사람이 키득키득 웃음을 터뜨렸다.

가만히 듣던 아렌트가 입술을 비대칭으로 비틀었다.

"이런 곳에서 삶을 낭비하는 건 그쪽이나 저나 마찬가지인 듯한데. 그쯤 지긋한 연세면 돈놀이를 할 게 아니라 손자들 재롱이나 보셔야 하는 거 아닙니까?"

"입을 놀리는 걸 보니 악바리는 충분한 것 같군."

비웃음 가득한 대꾸가 돌아왔다.

도발한다고 해서 호락호락하니 넘어올 상대는 아닌 것 같았다.

'애초에 기대도 안 했지만.'

그렇다면 세 치 혀 대신 행동으로 보여 주는 쪽이 나을 듯했다.

"사람도 다 모였으니 시작할까?"

소파에서 몸을 일으킨 남자가 한마디 툭 내뱉자 방 안에 흩어져 있던 이들이 느릿느릿 테이블로 모여들었다. 벽 쪽에 가만히 서서 대기하던 진행자들도 조용한 발걸음으로 가까이 다가왔다.

이자들은 단지 돈을 딸 수만 있다면 상대방이 누군지는 별로 중요하지 않은 모양이었다.

"어떤 걸로 하겠나? 종목은 젊은이, 자네에게 맞춰 주지."

"글쎄요, 이왕이면 규칙이 쉬운 것으로 부탁드립니다. 사실 이런 경험이 많은 것은 아닌지라."

아렌트는 어깨를 으쓱했다. 그러자 남자의 낯에 더욱

짙은 미소가 드리웠다.

"그렇다면 간단히 홀짝 게임으로 해 보지. 다들 이의는 없나?"

"그러지요."

"네, 좋습니다."

다른 사람들도 선선히 동의하자 아렌트도 별다른 표정 변화 없이 고개를 끄덕였다.

그러자 진행자가 카드 한 뭉치를 가지고 와서 섞기 시작했다.

"제가 숫자 카드를 하나 뽑을 겁니다. 참여자 여러분께서는 제가 뽑은 카드가 홀인지, 짝인지 맞추시면 됩니다. 배당금은 맞추신 분들께 공평하게 돌아갑니다."

설명이 끝나자마자 다들 주머니에서 돈주머니를 꺼내 테이블 위에 턱, 올려놓았다.

"가볍게 금화 다섯 개씩으로 시작하지."

누가 들으면 어디가 가볍냐고 기겁할 소리였지만 군소리하는 사람은 아무도 없었다.

착착착.

모두가 입을 다물고 카드가 섞이는 소리만이 고요한 방에 새겨졌다.

별 긴장감 없이 카드만 물끄러미 바라보는 아렌트를 두고, 나머지 사람들이 테이블 위로 슬쩍 시선을 교환했다.

나이가 지긋한 남자가 눈짓하자 여자가 또 고개를 끄덕였고, 그다음으로 중년 남자가 다시 알아들었다는 듯 눈을 깜빡였다. 그 외 다른 이들도.

이 애송이가 어디서 뭐 하던 놈인지는 모르지만, 일단은 코를 납작하게 눌러 줘야 할 필요가 있어 보였다. 홀짝 맞추기는 신입의 버릇을 고치기에 가장 좋은 종목이었다.

마침내 진행자가 뒤집힌 카드를 테이블 위에 올려놓았다.

"어디에 거시겠습니까?"

"나는 짝에 걸지."

"그렇다면 저도 그렇게 하겠습니다."

"저는 홀에 걸겠습니다."

벽에 기대어 선 멀린이 슬쩍 입가에 곡선을 그렸다.

어린놈이 기고만장해서 설치는 꼴은 언제 봐도 즐겁지 않았다. 하지만 저들이 알아서 잘 손봐 주겠지.

"그러면 나도 홀에 걸죠."

지금은 태연한 낯짝이지만 저것도 얼마 가지 않을 것이다. 멀린은 그렇게 확신했다.

카드가 뒤집혔고, 숫자 3이 드러났다.

아렌트처럼 홀에 건 남자의 앞에 골드가 쌓였다. 아직 앳된 청년의 입가에 뿌듯한 미소가 드리웠다.

일단 처음은 단맛을 보여 준 다음에 빠져나갈 수 없도

록 목을 조른다. 제가 죽어 가는 것도 제대로 알아차리지 못할 정도로 느긋하게.

"바로 가시겠습니까?"

"10골드로 하지."

판돈이 두 배로 올라갔다. 이번에도 모두가 군말 없이 돈을 걸고, 진행자는 다시 카드를 섞기 시작했다.

청년의 시선이 다시 카드에 꽂힌 사이, 나머지 사람들은 다시 짧게 서로 눈빛을 주고받았다.

모두의 목적은 하나였다.

저 청년을 빈털터리로 만드는 것.

도박장을 거점으로 삼아 오랜 시간을 보낸 이들에게, 어린애 한 명을 나락으로 보내는 일쯤이야 전혀 어렵지 않았다.

아마 저 청년은 오늘 무사히 돌아갈 수 없을 터였다. 자신들은 한몫 단단히 챙길 수 있을 테고.

그들은 모두 같은 꿈에 젖었다.

천진난만하게 카드에만 집중하는 듯 보이는 저 애송이가, 사실은 황태자에게 공인받은 사기꾼이라는 사실을 꿈에도 모른 채.

2장. 광기는 전염되는 것

광기는 전염되는 것

 아직 철이 덜 든 애송이는 정말로 주무르기 쉬운 상대였다. 카드에 골몰한 어린애가 주문하는 술이 점점 늘어나면 늘어날수록 멀린의 입꼬리도 하늘로 치솟았다.
 이미 바닥에는 빈 병이 수도 없이 뒹굴었다. 꼴에 통 큰 사람 행세는 하고 싶은 모양인지, 이 애송이는 방에 술이 떨어지는 족족 제 지갑을 털어 다시 채워 넣었다.
 당연히 계산은 모두 저놈 앞으로 달리고 있었다. 게다가 이곳의 술값은 바깥의 곱절. 이미 후불로 내야 하는 술과 안주값은 눈덩이처럼 빠르게 불어나는 중이었다.
 게다가.
 "하하하! 젊은이, 영 운이 없는데."
 "젠장."

결국 아렌트 입에서 욕지거리가 튀어나왔다. 얼굴도 딱딱하게 굳은 것이 슬슬 위기감을 느끼는 모양이었다. 이미 늦을 대로 늦은 뒤였지만.

"이거 미안해서 어쩌나."

"아직 멀었습니다. 한 번 더 가자고요."

"그래야지. 근성이 있군."

벌써 몇 시간째였지만 저 녀석은 시간 감각도 완전히 잃어버린 모양이었다. 이 방에 발을 들인 건 늦은 밤 무렵이었지만 벌써 시간은 새벽을 향해 가고 있었다.

아렌트와 함께 온 일행들도 별 불평 없이 기다리고 있다는 것을 보니 나름대로 즐길 거리를 찾은 것 같았다.

상념에 잠겼던 멀린은 문득 들려온 중년 남자의 목소리에 퍼뜩 정신을 차렸다.

"이런, 돈이 떨어진 건가?"

한가득 차 있던 아렌트의 돈주머니가 어느새 텅 비어 있었다.

아렌트가 쯧, 혀를 차고 멀린 쪽을 쏘아보았다.

"야, 돈 가져와."

"예? 대출 말씀이십니까?"

"그럼 뭐겠어?"

"하지만……."

사납게 몰아붙이는 말에 멀린이 잠깐 뜸을 들이자 아렌

트가 버럭 고함쳤다.

"토 달지 말고 가져오라면 가져와! 내가 설마 그것도 감당 못 할 인간으로 보이냐?"

"아닙니다. 그럴 리가요. 알겠습니다. 바로 준비하겠습니다."

멀린은 급하게 고개를 숙이고 대기하던 종업원에게 눈짓했다. 그러자 눈치 빠른 종업원이 후다닥 바깥으로 뛰어나갔다.

저 젊은 놈이야 별 볼 일 없겠지만, 저놈의 뒷배는 분명히 돈을 두둑하게 쥔 귀족 가문일 테니까. 그건 지금까지 아렌트가 펑펑 써 댄 돈만 봐도 충분히 알 수 있었다.

잠시 후, 아렌트는 다시 금화를 한가득 손에 쥘 수 있었다.

그 꼴을 본 다른 도박꾼들은 지금까지와는 다르게 조금 떨떠름한 표정을 지었다. 저 돈에 손대는 순간, 이제 정말로 돌아올 수 없는 강을 건너게 된다는 것을 아는 탓이었다.

"진짜 괜찮겠나?"

"안 괜찮을 건 뭐가 있겠습니까? 본인들이나 걱정하시죠."

노인의 물음에 아렌트가 짜증스레 쏘아붙였다.

본인이 그렇게 말하니 더 참견할 거리는 아니었다. 게

다가 그들은 돈을 빼앗는 입장이니까.

"그럼 계속하지."

그렇게 다시 판이 돌기 시작했다.

당연하게도, 멀린에게 시켜 가져오게 한 돈 역시 빠른 속도로 사라져 갔다. 그렇게 또 한 번 돈주머니가 텅 비게 되고, 한 번은 두 번, 또 세 번이 되었다.

멀린은 이제 아렌트가 소리치기 전 눈치껏 종업원을 시켜 다시 금화를 가져오게 시켰다.

아니, 시키려고 했다.

갑자기 아렌트가 한쪽 손을 슥, 들기 전까지는.

"잠깐, 잠깐."

방 안에 있는 사람들의 의아한 시선이 그에게 모여들었다.

"이쯤 돼서 슬슬 이실직고할 게 있는데."

멀린이 고개를 갸웃하자 아렌트가 아무렇지도 않게 툭 내뱉었다.

시가 하나를 또 피워 문 노인도, 자신들 앞에 잔뜩 쌓인 금화를 세던 여자와 남자도 고개를 들었다.

"이실직고한다고?"

"왜, 속임수라도 썼나?"

첫 물음은 여성이 꺼냈고 뒤이어진 비웃음은 중년 남자가 던진 거였다.

이미 가지고 온 돈이며 빌린 돈까지 모두 털려 빈털터리가 된 아렌트였다. 그런 그가 속임수를 썼을 리 없다는 것을 알고서 놀리듯 꺼낸 말이었다.

하지만 돌아온 대꾸는 예상 밖의 것이었다.

"쓰긴 했는데, 당신들이 한 것처럼 치졸한 건 아냐."

"뭐?"

순간 아렌트를 제외한 방 안의 모든 이들이 얼어붙었다.

아렌트는 피식 웃음을 터뜨렸다.

"어설프게 손짓 발짓 눈짓 해 대는 건 아까부터 알고 있었죠. 아, 탓할 생각은 전혀 없으니까 오해하지 마시고."

"……억지를 부리는군."

한참을 굳어 있던 사람들 중 하나가 얼굴을 와락 구겼다.

"그런다고 잃은 돈을 되찾을 수는 없을 텐데."

"그럴 생각 없다니까요. 난 그렇게 멋없는 사람도 아니고. 사실 속아 넘어가는 쪽에도 문제가 있다고 생각하는 편이라."

아렌트는 천연덕스럽게 어깨를 으쓱했다.

시가를 입에서 뗀 노인이 연기를 후, 토해 냈다.

"도대체 무슨 말이 하고 싶은 거지?"

"쉽게 말해서 속은 당신들한테도 문제가 있다는 겁니다. 멀린 씨, 당신도 그렇고."

멍하니 넋을 놓고 있다가 갑자기 호명당한 멀린이 움찔했다.

저 세 사람이 속임수를 쓴 건 사실이었다. 그 탓에 저 청년이 돈을 크게 잃었다는 것도 사실이었고.

하지만……

방금까지 초조해하던 아렌트는 갑자기 여유를 되찾은 모습이었다.

'충격을 너무 받은 나머지 돌아 버렸나?'

문득 그런 생각도 들었지만, 그게 아니라는 직감이 강하게 들었다.

"당신들, 내가 준 돈은 제대로 확인했어?"

"확인이라니…… 그건 당연히 했는데."

여자가 제 앞에 쌓인 금화로 시선을 떨어뜨렸다. 금액은 정확했다. 보는 눈이 있는데 돈을 빼돌릴 수도 없는 노릇이고.

아렌트는 아예 의자에 등을 푸욱, 기대고 팔짱을 꼈다. 매끄러운 입가에 완연한 비웃음이 드리웠다.

"아니, 액수 말고."

"도대체 무슨 말이야? 똑바로 말해!"

결국 참다못한 남자가 버럭 고함을 쳤다.

"아, 별일은 아닌데."

그 요청에 부응해 아렌트는 태연하게 어깨를 으쓱해 보였다.

"당신들한테 준 금화랑 보석. 그중 한 반쯤은 가짜거든."

"……."

마치 얼음물을 끼얹은 듯한 침묵이 흘렀다. 아렌트의 말을 당장 이해하지 못한 것이다.

"좀 정교하긴 했죠? 그래도 설마 이렇게까지 눈치를 못 챌 줄은 나도 예상 못 했지. 빨리 회수 안 하면 곤란할걸요?"

아렌트가 직접 가져온 돈은 이미 다 떨어진 지 오래였다. 음식을 날라 대던 종업원들에게도 한 움큼씩 쥐여 줬고, 바깥에서 룰렛을 돌릴 때도 돈을 펑펑 써 대던 그였다.

이런 곳의 특성상, 돈은 한곳에 쌓이지 않고 여러 사람의 손을 거친다. 손님에게서 진행자의 손으로 넘어갔다가 또 다른 손님의 주머니로 들어간다.

그 손님은 술이며 요리를 시키고서 다시 돈을 종업원에게 쥐여 주고…… 또 다른 판에서 도박을 하며 돈을 따고 잃는다.

그 말인즉슨, 도박장 안에 이미 가짜 금화가 돌기 시작했다는 뜻이었다.

한 박자 늦게 상황을 파악한 그들의 얼굴이 새하얗게 질렸다.

* * *

몇 시간 동안 아렌트에게서는 아무런 소식도 들려오지 않았다.

심지어는 긴장감을 이겨 버린 지루함 때문에 깜빡 졸았다가 다시 깨어났을 때도 상황은 여전히 그대로였다.

침을 닦으며 깨어난 사이프가 주변을 두리번거렸다.

아서는 여전히 소파에 꼿꼿이 앉은 채 미동도 하지 않고 있었다.

"……."

단둘만이 남은 방, 어색한 침묵이 이어졌다.

차라리 그냥 쭉 자 버릴걸, 사이프는 괜히 눈을 데굴 굴렸다가 허공을 쏘아보기도 하고, 그 큰 덩치에 어울리지 않게 손도 꼼질거렸다.

결국 보다 못한 아서가 쏘아붙였다.

"가만히 좀 있어! 정신 사나워 죽겠으니까."

"아, 죄, 죄송합니다."

흠칫 놀란 사이프가 다시 소파 위에 대충 얹어 둔 석상처럼 딱딱하게 얼어붙었다.

아서는 한숨을 푹 내쉬며 관자놀이를 꾹꾹 눌렀다.

'그래…… 이놈한테 무슨 죄가 있겠냐.'

죄라면 이런 상황을 만든 아렌트에게 있겠지.

연신 한숨을 푹푹 내쉬는 그를 힐끔대던 사이프가 조심스럽게 물었다.

"그…… 괜찮은 겁니까?"

"뭐가."

"그 사람 혼자 내버려 둬도요. 보통 미친 인간이 아닌 것 같은데."

"……."

분명 동료를 욕보이는 말이었지만 저 말에 반박할 수 없다는 게 너무나도 유감스러웠다. 아서는 괜히 신경질적으로 머리를 긁적였다.

"내버려 둬. 이제 와서 뭐 어쩌라고."

"내버려 두는 쪽도 정상은 아니라고 생각합니다만."

"시끄러워, 이 자식아. 아까부터 최선을 다해서 엿듣고 있으니까 좀 닥쳐."

그게 가능한 일이냐고 물으려던 사이프는 곧 아서의 말대로 그냥 입을 닥쳤다. 자신이 꺼내려던 질문이 얼마나 멍청한 건지 자각한 탓이었다.

가능하겠지. 그러니까 황실 기사단도 해 먹겠지.

다시 주변이 잠잠해지자 아서는 다시 마력을 끌어올리며 감각을 곤두세웠다.

적어도 지금까지는 아무런 일도 없는 것 같았다. 종업원들이 연신 술과 음식을 나르는 것을 보니 도박판도 제법 빠르게 돌아가는 눈치였고.

가끔 아렌트의 짜증스러운 목소리가 들리는 것까지 고려하면…… 아무래도 내부 상황이 저놈 뜻대로 잘 흘러가는 것 같기는 한데.

어떻게 생각하면 참 웃기는 말이었다. 뭔가가 마음에 안 든다는, 언짢음 가득한 음성으로 일이 잘 풀려 간다는 걸 추측해 내다니.

벽에 부딪힌 상황이 온다면 결코 화내거나 제 감정을 드러내는 대신, 침착하게 머리를 굴려 온갖 기상천외한 해결책을 강구하는 놈이라는 것을 이제는 잘 아는 탓이었다.

그러니 저 신경질적인 외침도 꾸며 낸 것임이 분명했다.

초조함과 지루함에 짓눌린 사이프가 괜히 앞에 놓인 다과를 들었다 놨다를 반복하던 중, 아서의 눈썹이 치켜 올라갔다.

그리고 잠시 후.

콰당탕!

이번에는 사이프도 들을 수 있을 정도로 요란한 소리가 터져 나왔다.

사이프가 번쩍 고개를 들었다.

"뭐, 뭡니까?"

커다랗게 한숨을 푹 내쉬며, 아서가 얼굴을 쓸어내렸다.

"하아아…… 뭐긴 뭐겠냐. 또라이가 깽판 치는 소리지."

"예?"

쾅, 쿠우웅!

그러는 사이에도 소란은 계속되다가 한순간 잠잠해졌다.

아서가 착잡하게 중얼거렸다.

"처음부터 이럴 셈이었던 거군."

마치 그 말이 신호라도 된 것처럼, 콰아아앙! 얌전히 잘 닫혀 있던 문짝이 떨어져 나갈 기세로 거칠게 열렸다.

기겁한 사이프가 벌떡 몸을 일으키는 것과 동시에 한 무리의 험악한 용병들이 방 안으로 우르르 쏟아져 들어왔다.

"뭐, 뭐냐? 무슨 일이지?"

"순순히 따라오는 게 좋을 거다. 너희 얼빠진 고용주 목이 떨어지는 꼴을 보고 싶지 않으면."

당장이라도 달려들 기세로 버티고 선 용병들 사이로 모

습을 드러낸 건, 눈두덩에 시퍼런 멍이 든 멀린이었다.

"하아아아······."

저 멍은 아렌트가 손수 만들어 준 거겠지. 아서는 이마를 짚고 한숨을 푹 내쉬었다.

반나절 만에 이런 상황을 만들어 놓은 미친놈에게 주먹이라는 이름의 찬사를 보내고 싶었다.

아주 간절하게.

기사단은 도박장 가장 아래층에 있는 감옥에 처박힌 채로 다시 재회하게 되었다.

마지막으로 질질 끌려온 리히트까지 집어 던지듯 감옥 안에 밀어 넣은 멀린은 곧장 쇠창살을 쾅, 닫고 잠가 버렸다.

"미리 말해 두지만, 무사히 나갈 생각은 하지 않는 게 좋을 거다. 빌어 처먹을 애새끼 같으니."

"예, 예. 고생하십쇼~."

아렌트는 시큰둥하게 손을 살랑살랑 흔들어 주었다.

바닥에 침을 탁 뱉은 멀린이 용병들을 몰고서 우르르 감옥에서 빠져나갔다. 그가 악을 쓰는 소리가 아득하게 들려왔다.

"당장 테이블 회전 중지시켜! 몇 날 며칠 밤을 새서라도 가짜 금화를 찾아야 해! 안 그러면 모두 죽은 목숨이니까!"

"……."

그 한마디만으로 기사들은 대략적인 상황을 파악할 수 있었다. 경악에 찬 시선들이 아렌트에게 꽂혀 들었다.

그런 선배들을 향해 아렌트는 무표정한 얼굴 그대로 척, 엄지를 세워 주었다.

"작전 성공."

"성공은 무슨……."

글렌이 얼빠진 채로 입술을 달싹였다. 그의 눈에 점점 초점이 돌아왔다. 다른 기사들 역시 마찬가지였다.

그럴 때가 아닌 걸 알지만, 지금 상황이 누군가의 잘잘못을 따질 여유가 없다는 것도 알지만.

그래도 그들은 참지 못했다.

"성공은 무슨 얼어 죽을 성공이야, 이 미친놈아!"

글렌이 내지른 비명을 시작으로 모두가 일제히 아렌트의 멱살을 잡기 위해 달려들었다.

"아, 왜 때리십니까? 아!"

"이거 정신 나간 놈 아냐? 죽을 거면 혼자 죽지, 왜 이 난리야?"

글렌이 아렌트의 멱살을 붙잡고 짤짤짤 흔들어 댔지만 아무도 말리는 사람은 없었다. 심지어는 리히트조차도 슬쩍 시선을 피하며 한숨만 푹푹 내쉴 뿐이었다.

결국 아렌트는 자력으로 글렌의 손아귀에서 벗어날 수

밖에 없었다.

 선배를 확 뿌리친 아렌트가 옷을 툭툭 털며 짜증을 터뜨렸다.

 "아, 진짜. 기껏 사람이 고생하고 왔는데 무슨 짓이에요?"

 "고생? 고생이라고? 도대체 무슨 짓을 했길래 일이 이렇게 된 거야?"

 "일이 뭐 어떻게 됐는데요?"

 아렌트는 뻔뻔하게 어깨를 으쓱했다.

 "과정이야 어찌 됐든, 결과는 완벽한 것 같지 않습니까?"

 "……."

 사납게 으르렁대던 기사들은 순식간에 벙찐 얼굴이 되었다.

 "지금쯤이면 엄청난 금화들 사이에서 가짜를 찾느라 난리가 났을 겁니다. 그게 밖으로 흘러나가면 여기도 끝장날 테니까."

 누군가가 그 돈을 들고 다니다가 다른 지역의 치안대에게 발각당하고, 위조 금화의 출처가 이곳임을 불어 버린다면?

 그거야말로 도박장을 운영하는 입장에서는 대참사였다.

 바깥의 상황은 굳이 상상해 보지 않아도 눈에 선했다.

도박장에 고용된 용병들은 지금쯤 입구를 막고 사람들의 출입부터 통제하느라 식은땀을 뻘뻘 흘려 댈 터였다.

필요에 따라서는 손님들의 돈주머니를 직접 뒤져야 할지도 몰랐다. 그 과정에서 당연히 있을, 손님들의 거센 항의를 감당하는 것 역시 오롯이 그들 몫이었고.

"아마 이쪽은 경비가 허술해졌을 듯하고…… 몇 놈 정도야 남았겠지만. 그 정도야 선배들 상대는 아니잖습니까."

즉, 그들은 지금 놈들의 감시망을 완전히 벗어난 상태라는 뜻이었다.

게다가.

"그리고 우리 목적을 달성하기는 충분한 곳인 것 같은데요, 여긴."

묘한 강세를 담은 한마디에 기사들은 퍼뜩 정신을 차렸다.

이곳은 어두컴컴한 지하 감옥이었다. 남을 가뒀으면 가뒀지, 갇힐 거라고는 단 한 번도 생각해 보지 않은 그런 축축한 감옥.

정면은 쇠창살이 달린 철문이 달렸고, 쥐가 갉아 먹은 흔적도 있는 엉성한 벽이 사방을 틀어막고 있었다.

그 너머에서 지금까지는 미처 눈치 못 챘던 인기척이 느껴졌다. 사이프는 영문을 모르는 채로 눈알만 데굴데굴 굴리는 채였지만.

라이더가 멍하니 중얼거렸다.

"……설마, 진짜로?"

"……아까부터 소란스러운데, 혹시 누가 또 오셨습니까?"

마치 그 한마디가 신호라도 된 것처럼 힘없는 목소리가 감옥 너머에서 들려왔다.

그것이 시작이었다.

"무슨 일이 생겼습니까?"

"싸움이 난 건 아니지요……?"

한껏 겁먹은 음성들이 여기저기에서 흘러나오기 시작했다.

아렌트가 그것 보라는 듯 슬쩍 입꼬리를 휘었다.

"어떻습니까? 목적은 달성했다니까요."

이게 왜 진짜지?

도대체 왜 이런 방법이 먹히는 걸까.

믿을 수 없는 현실에 기사들은 입만 벙긋거리며 황망하게 허공을 올려다보았다. 그저 이런 상황이 익숙하다면 익숙하다고 말할 수 있는 아서와 리히트만이 그들을 안쓰럽게 바라볼 뿐이었다.

이미 아렌트에게 호되게 당한 경험이 있는 사이프의 동정 어린 시선은 덤이었다.

그러는 사이에도 감옥 너머에서 다급한 목소리들이 들려왔다.

"혹시…… 밖에서 오셨습니까? 상황은 좀 어떻습니까?"

"상황이야 뭐, 당신들이 나쁜 놈들 꾐에 홀라당 넘어가서 여기에 처박혔을 때랑 크게 다르지 않을걸요. 엉덩이는 한 대 걷어차 줬으니 당장은 그걸로 위안 삼으시고."

아무렇지도 않게 대꾸해 준 아렌트는 고개를 살짝 기울였다.

"자세한 이야기는 얼굴 보고 하는 편이 피차 낫겠죠. 우리가 찾는 사람이 여기에 있는지도 알아봐야 하고."

"얼굴 보고? 어떻게?"

"어려울 거 뭐 있어요."

아서가 미간을 살며시 구기며 묻자 아렌트는 간단하게 벽 쪽으로 고갯짓했다.

"설마 이런 얇은 벽 정도도 못 부수지는 않겠죠?"

"……."

기사들의 얼굴이 썩어 들어갔다.

"귀찮으시면 놈들이 다시 올 때까지 한가롭게 시간이나 죽이고 있으시든지."

하지만 이번 여정 내내 그랬듯, 그들에게는 선택지가 그리 많지 않았다.

결국 기사들은 욕설을 내뱉으며 소매를 걷어붙이는 쪽

을 선택했다.

끌려오면서 무기도, 검도 다 빼앗겼지만 솔직히 그리 큰 문제는 아니었다.

흉악범을 구속할 목적으로 만들어진 감옥이라면 좀 더 튼튼하게 지어졌겠지만, 이곳은 도박에 빠진 빚쟁이들을 가둬 두는 용도였다.

넓은 공간에 가벽을 세워 얼기설기 만든 감옥의 벽쯤이야 마력을 실어 몇 번 후려치는 것만으로 충분히 부술 수 있었다.

쾅, 쾅! 하는 소음에도 감옥 밖에서는 아무런 반응이 없었다. 아렌트의 말대로 일을 수습하러 뛰쳐나간 모양이었다.

어쨌든 그들로서는 잘된 일이었다.

벽 하나가 와르르 무너지자, 그 너머 방에 갇혔던 수척한 남자가 당황해 눈을 끔뻑였다.

"아, 아니. 이게……?"

"어디 다친 곳은 없으십니까?"

자신을 오랫동안 가두던 벽이 허무하게 무너져 내린 게 어처구니가 없었지만, 일단 그는 고개를 끄덕였다.

맨주먹으로 하는 구조 작전은 그 뒤로도 한참 동안 이어졌으며, 마침내는…… 마지막 남은 벽까지 부술 수 있었다.

"살면서 이렇게 무식하게 일을 해 본 건 또 처음입니다……."

먼지가 잔뜩 묻은 제 손을 내려다보며 글렌이 착잡하게 중얼거렸다.

아렌트 놈 말대로 결과는 좋다고 할 수 있겠지만 진짜 이래도 되는 건가.

하지만 심란함과는 별개로 가장 넓은 방에 꾸물꾸물 모여드는 사람들을 보니 더 이상 저놈을 책망할 마음도 들지 않았다.

저놈의 극약 처방이 아니었더라면 여기 잡힌 사람들을 찾아내는 데 훨씬 더 오랜 시간이 걸렸을 테니까.

"총 열두 명입니다. 이 사람들이 전부인 것 같습니다."

사람들을 한곳에 모아 앉히고 머릿수를 모두 센 아서가 리히트에게 보고했다. 옹기종기 모여 앉은 사람들은 불안한 눈으로 기사들을 올려다보았다.

리히트가 끙, 앓는 소리를 냈다.

"생각보다 적군."

"여기 없는 사람들은 다른 곳으로 노역을 보냈을 겁니다."

그때, 잠자코 있던 사이프가 슬그머니 끼어들었다.

"노역?"

"예, 보통 빚을 갚지 못하면 그런 식으로 일을 시켜서 돈을 벌게 만드니까요."

"……저 아저씨 말이 맞아요. 움직일 수만 있다면 다들 바깥으로 끌려 나갔어요."

눈치를 살피던 한 소년이 입을 열었다. 기껏해야 10대 중반처럼 보이는 소년은 옆에 자기보다 더 어린 여동생을 꼭 끌어안고 있었다.

아렌트가 슬쩍 눈썹을 구겼다.

"어린애가 여기에 왜 있어?"

"아버지가 빚을 지셔서…… 대신 갇힌 거예요. 아버지는 놈들이 어디 채석장으로 끌고 갔댔어요."

저 아이들은 부친이 도망칠 수 없도록 인질로 잡힌 거였다.

기사들의 얼굴이 딱딱하게 굳었다. 보아하니 다른 이들도 처지는 마찬가지인 것 같았다.

척 봐도 도박에 손을 댈 것 같지는 않은 노인이 몇 섞여 있었고, 그 외 나머지도 함께 도박을 하러 왔던 일행을 노역 현장에 보내고 이곳에 수감된 모양이었다.

쯧, 혀를 찬 아렌트가 그들을 향해 물었다.

"그럼 혹시 데클란이라는 신관은 여기 없어?"

"그 사람도 다른 곳으로 끌려갔소."

이번에 답을 내준 것은 힘없이 앉아 있던 허름한 옷차림의 노인이었다.

"그냥 도박장에 오는 흔하디흔한 청년인 줄 알았는데 나중에 알고 보니 신관이었지. 우리를 위해 기도해 주고는, 신전에 민폐를 끼칠 수는 없다며 스스로 노역장으로 가겠다고 하더군."

"어르신, 거기가 어딘지는 아십니까?"

"나는 잘 모르지만…… 내 아들과 같은 곳으로 갔을 걸세."

리히트의 질문에 노인이 고개를 천천히 내저었다.

제일 처음에 질문을 던졌던 남자가 슬쩍 손을 들고 물었다.

"그보다 누구십니까? 혹시 치안대에서 우릴 구하러 온 겁니까?"

"아니, 우리도 잡힌 건데."

아렌트의 입에서 서슴없이 튀어나온 한마디에 그들은 할 말을 잃어버리고 말았다.

심지어는 기사들조차도.

얼빠진 채 입술만 달싹이던 남자가 간신히 정신을 차리고 더듬더듬 물었다.

"예? 하지만 이걸 이렇게…… 감옥도 쉽게 부수고……."

"뭐. 불만 있냐? 감옥 쉽게 부수는 사람은 도박하지 말란 법이라도 있어?"

"……."

거기다 대고 더 할 말이 있을 리가 없었다.

사람들이 입을 꾹 다물자 아서는 한숨을 푹 내쉬고 머리를 긁적였다.

"저놈 말이 험하긴 하지만, 해가 될 일은 하지 않을 거니 안심하십쇼."

어쨌든 만일을 대비해서 정체를 숨기자는 의견은 동료들에게 충분히 전달되었다. 저들도 바보가 아닌 이상 더 묻지 말라는 의사 표현을 잘 알아들었을 테고.

상황이 정리되자 리히트가 다시 입을 열었다.

"노역장의 위치를 아시는 분은 없습니까?"

"여기서 한 3일쯤 걸리는 채석장입니다."

창백한 얼굴의 젊은 남자가 한쪽 손을 들며 중얼거렸다.

"제가 끌려갔다 와 봐서 압니다."

"당신은 왜 여기에 있는데?"

"일하다가 쓰러져서…… 일행과 교대했습니다."

아렌트가 건성으로 고개를 끄덕였다.

"그렇단 말이지. 채석장이라고 하면 찾기 그렇게 어렵지는 않겠네요. 통신용 수정구는요?"

"다행히 이건 안 빼앗겼다. 무기는 전부 압수당했지만."

하루 여유를 두고 황궁에서 출발하기로 했으니, 슬슬

라이오스 일행도 근처까지 와 있을 시점이었다.

리히트는 품에 잘 숨겨 뒀던 통신용 수정구를 꺼냈다.

감옥의 희미한 빛 아래에 수정구가 끌려 나왔다. 아주 보기 좋게 금이 쩍, 간 채로.

"어?"

얼빠진 소리는 리히트의 입에서 튀어나온 거였다. 기사들은 모두 얼어붙어 버렸다. 심지어는 아렌트마저도 미처 이런 상황은 예측하지 못했는지 눈을 크게 떴다.

"……."

지옥 같은 침묵이 흘렀다.

"그, 그게 왜 그 꼴이 됐습니까?"

"……그리고 보니 아까 벽에 부딪혔는데."

라이더가 더듬더듬 꺼낸 질문에 리히트가 간신히 대답했다.

아무래도 그 난리통 중에 깨진 것 같았다.

질질 끌려오면서 저항다운 저항도 한 번 해 보지 못한 그들이었다.

원래라면 그런 놈들을 떨쳐 내는 것 정도는 일도 아니었지만, 아렌트의 의도를 알아차린 이상 상대의 난폭한 손길에 곧이곧대로 몸을 맡길 수밖에 없었던 거였다.

그것을 끝으로, 아무도 선뜻 입을 열지 못했다.

실종자들도 찾아냈고, 위조 금화로 쳐들어올 명분까지

만들었다. 그러니 이제는 바깥의 기사단을 불러들여 합류를 기다리기만 하면 될 줄 알았는데.

"망했네."

아서가 모두의 심정을 대변해 툭 내뱉었다.

갇혀 있던 사람들도 상황이 심상찮게 돌아가는 것을 깨달았는지 서로의 눈치를 살피기 시작했다.

얼굴이 창백해진 사이프가 리히트에게 성큼 다가갔다.

"그, 그럼 어떻게 합니까?"

하지만 그라고 뭐라 대답을 해 줄 수 있을 리 없었다.

리히트를 바라보는 기사들의 눈에 점점 불손함이 차오르기 시작했다.

수정구 하나 제대로 못 챙기냐, 라는 힐책이 담긴 시선들에 리히트는 억울해졌다. 일이 이렇게 될 줄 누가 알겠나. 전부 다 아렌트가 폭주하면서 벌어진 일인데.

리히트는 조금 원망을 담아 모든 일의 원흉인 빌어먹을 견습 기사 쪽을 곁눈질했다.

팔짱을 낀 채 한참을 바닥만 쏘아보던 아렌트가 입을 열었다.

"사이프 아저씨, 아저씨는 이 근처 지리도 대충 알지?"

갑자기 지목당한 사이프가 얼떨결에 고개를 끄덕였다.

기대감 반, 걱정 반이 담긴 시선들이 아렌트에게 모여들었다.

아렌트는 그들의 기대에 부응해 주었다.

"이렇게 됐으니 어쩔 수 없죠. 정면으로 돌파하는 수밖에."

"……정면 돌파하자고?"

리히트가 한참 만에 미간을 구기며 묻자 아렌트가 어깨를 으쓱했다.

"어쩔 수 없잖아요."

"잠깐만. 우리는 그렇다 쳐. 그러다가 이 사람들이 휘말리면 어쩌고?"

"그래서입니다. 위층 상황을 정리하면 놈들은 곧장 여기로 돌아올 테고."

라이더가 조금 격앙된 어조로 따졌지만, 아렌트는 아무렇지도 않게 말을 이었다.

"감옥을 이 꼴로 만들어 놓은 걸 보면 우리가 자신들 힘으론 감당 못 할 놈들이란 건 단박에 알아차릴 거예요. 그때 저 사람들이 인질로 잡히기라도 하면 이쪽도 속수무책이란 말이에요."

아직 놈들은 이들이 평범한 용병단과 놀러 나온 탕아 도련님쯤이라고 여겼다.

설마 맨손으로 벽을 부술 수 있는 놈들이라고는 생각지도 못했을 테니, 감시도 제대로 붙이지 않고 내버려 둔 것이다.

아렌트가 일부러 별 볼 일 없는 주먹에까지 맞아 가며 열연을 펼친 이유가 그거였다.

견습 기사의 눈이 천천히 제 일행을 훑었다.

아렌트가 자신까지 해서 여덟. 사이프까지 합치면 싸울 수 있는 사람은 총 아홉이었다.

"그리고 짐 덩어리가 열둘이라……."

"주둥이, 주둥이!"

아서가 으르렁거리며 뒤통수를 향해 주먹을 날렸지만, 아렌트는 익숙하게 몸을 숙이는 걸로 그 일격을 쉽게 피했다.

"밖은 지금쯤 난리일 테니까, 거기 편승하면 어떻게든 되겠죠."

뒤로 한 걸음 성큼 물러선 아렌트가 피해자들 쪽으로 시선을 던졌다. 그의 황금색 눈동자와 눈이 마주친 사람들이 움찔했다.

씨익, 고운 입술이 호선을 그리며 미소를 만들어 냈다. 그걸 알아본 아서와 리히트가 못 볼 걸 본 사람처럼 뒤로 주춤 물러났다.

저건 저 자식이 사고 치기 직전이라는 신호였다.

"이렇게 된 거, 미운 놈들 엿 한번 제대로 먹여 보자고요."

"엿을…… 먹여요?"

동생을 안고 있던 소년이 홀린 듯이 그의 말을 따라 중얼거리자 아렌트가 가볍게 덧붙였다.

"나중에는 빚쟁이 아버지 뒤통수도 후려 패게 해 줄게."

방금 전까지 빛이 꺼져 있던 소년의 눈동자에 점차 열기가 돌기 시작했다.

"형, 그 말 진짜죠?"

다른 사람들 역시 마찬가지였다. 무기력하게 늘어져만 있던 이들이 점차 생기를 되찾아 갔다.

고작 그 말 몇 마디로.

사람들의 사기가 돌아오는 것을 본 아렌트가 만족스럽게 고개를 끄덕였다.

"그러면 이왕 벌인 소란, 좀 더 시끌벅적하게 만들어 보자고요. 밖에 있는 우리 동료들한테 들릴 만큼."

"……하아. 그래, 해 보자고."

한숨을 푹 내쉬며 얼굴을 쓸어내린 글렌이 이를 으득 갈아붙였다.

"이렇게 된 마당에 못 할 거 뭐 있냐!"

"까짓것, 아주 박살을 내 주마!"

악에 받혀 덩달아 기세를 올리는 기사들을 멀찍이서 바라보며 사이프는 덜덜 떨 수밖에 없었다.

누가 그랬던가, 광기는 전염된다고. 어쩌면 지금 그 현상을 보는 걸지도 모르겠다는 직감이 강렬하게 들었다.

아렌트의 지령이 이어졌다.

"셋으로 나누어 움직이죠. 한 팀은 먼저 탈출해요. 남은 사람들은 여기에서 좀 더 시간을 끌고."

"뭐? 그렇지 않아도 전력이 적은데, 여기서 더 흩어지면 곤란한 거 아냐?"

"지금 상황에서 우르르 몰려다니면 그게 더 눈에 띄어요. 게다가 우리 중 몇몇은 이미 얼굴도 팔렸고, 금세 들켜서 포위당할걸요. 이 사람들 전부 데리고 포위망 뚫을 수 있어요?"

그것도 납득이 가는 말이었다.

잠깐 생각하던 아렌트가 다시 입을 열었다.

"리히트 선배는 사이프 아저씨랑 이 사람들 데리고 밖으로 나가요."

"밖으로 나가라고?"

리히트가 인상을 살짝 찌푸리며 묻자 아렌트가 간단하게 대꾸했다.

"저랑 라이더 선배, 글렌 선배가 도박장 한가운데에서 시선을 끌면 그 틈에 움직여요. 때리고 부수고 난리 치다 보면 분명 손님들도 겁먹고 도망치려고 할 테니까, 그 무리에 섞이는 거죠."

"출구는 막혀 있을 거라면서."

"뚫어 버리면 되지, 뭐가 문젭니까? 설마 이런 곳의 용병들 몇도 상대 못 하겠다고 말씀하시는 건 아니죠?"

"……."

뭐라 반박하려던 리히트는 끙, 앓는 소리를 내면서 입을 다물었다.

"일단 돌파하면 사람들을 데리고 단장님이 있는 곳까지 달려요. 영지를 빠져나가는 지름길은 사이프 아저씨가 잘 알 테니까."

아렌트의 시선이 사람들을 찬찬히 훑었다.

"남은 사람들은 지하를 조사하는 겁니다. 이 방 저 방 다 뒤져 보면 뭐 하나든 쓸 만한 게 나오지 않겠어요?"

"그…… 뭘 찾아야 하는 겁니까?"

잠자코 듣던 남자가 한쪽 손을 슬그머니 들며 물었다. 그러자 불친절한 대꾸가 돌아왔다.

"뭐든 좋으니, 세상 바깥으로 나가면 저놈들에게 불리하게 작용할 것들."

"예?"

"장부든 비자금이든, 아니면 도박장에 들어앉아 있던 얼굴 알려진 유명한 사람이든 상관없어요."

그 말인즉슨.

"붙잡고 협박할 거리를 찾아오라고요. 뭐든 좋으니까."

"……."

한 치의 거리낌도 없이 튀어나온 말에 기사들의 표정이 순식간에 떨떠름해졌다.

그때, 소년이 손을 번쩍 들었다.

"그래, 너. 할 말 있어?"

"멀린의 집무실이 지하 어딘가에 있다고 알아요."

"아주 좋은 정보야. 저 아저씨들보다 네가 훨씬 나은데."

아렌트가 피식 웃자 소년이 벌떡 자리에서 일어났다.

"저도 도와 드리게 해 주세요. 몇 번 억지로 일을 도와봐서 길도 대충 알아요. 집무실이 어디에 있는지는 잘 모르지만……."

"그 정도로 충분해. 그러면 네가 안내를 맡아. 할 수 있겠어?"

"네, 할 수 있습니다. 몸도 제법 빨라요. 혹시 동생은 먼저 내보낼 수 있을까요?"

"그렇게 해."

가볍게 고개를 끄덕여 준 아렌트는 모두를 쭉 둘러보았다.

"문제없죠?"

"처음부터 끝까지 문제뿐인데."

잠자코 있던 아서가 진심을 듬뿍 담아 담백하게 뇌까렸다.

"사람들을 내보내는 건 좋지만, 그 과정에서 생기는 도주자는?"

"여기 있는 잔챙이들까지 모조리 쓸어 담는 건 애초에 불가능한 일이잖아요. 그리고 수뇌부는 도망 못 칠걸요. 우리 정체를 파악하지 못하는 이상."

"그게 요점이네."

아서가 쯧, 혀를 찼다.

정체를 숨기는 것. 그게 제일 중요한 일이었다.

"우린 그렇다 치더라도, 이 사람들은? 누가 봐도 용병이나 도박장 손님처럼 보이지는 않는데."

"그것도 다 방법이 있죠. 저번에도 비슷한 건 해 봤잖습니까."

하지만 아렌트는 이번에도 가볍게 어깨만 으쓱일 뿐이었다.

의구심 가득한 시선이 그에게 모여들었다.

* * *

"젠장, 아직 하나도 못 찾은 거야?"

멀린이 종업원들을 향해 악을 썼다. 은발 애송이에게 제대로 얻어맞은 눈두덩이 시퍼렇게 부어오르고 있었지만 지금 중요한 건 그게 아니었다.

"제길, 빌어먹을 애송이 같으니, 이번 일만 해결되면 사냥개 밥으로 던져 주고 말 테다!"

길길이 날뛰는 그의 앞에서 종업원들이 고개를 푹 숙인 채 움직이는 손을 더 재촉했다.

이미 손님들의 불만은 하늘을 찌르고 있었다.

"이게 무슨 지랄들이야? 얼른 진행 안 해?"

"죄송합니다. 잠시만 기다려 주세요……."

"그 잠시만이 지금 몇 번째인지 알기나 해?"

술에 취해 악을 쓰는 손님에게 종업원이 연신 허리를 숙였다.

그 꼴을 보며 멀린이 혀를 쯧, 찼다. 어떻게든 술과 음식으로 달래 가며 시간을 끌고 있지만, 그것도 한계에 다다르고 있었다.

한참 재미를 보던 와중 갑자기 이 사달이 났으니 당연한 일이었다. 최소한의 인력을 제외하고는 지금 일을 하던 모든 이들이 쏟아져 나와 돈을 하나하나 다 체크하고 있었다.

"이게 무슨 개수작이야! 왜 남의 돈주머니를 강탈하려고 해?"

"잠깐 살펴만 보고 바로 돌려드리겠습니다. 정말 죄송합니다!"

부득이하게 손님들의 돈을 다시 하나하나 확인해야 하니 이런 소동도 곳곳에서 일어났다.

멀린은 이를 으득, 갈아붙였다.

"구분하기 힘들다고 했어. 꼼꼼하게 살펴!"
"예!"

그렇다고 해서 손님들에게 사정을 설명할 수는 없었다. 자신의 실수를 인정하는 꼴이 되고 마니까.

그랬다가는 분명 이들의 신뢰를 잃게 될 테고…….

'난 죽은 목숨이다!'

그 애송이가 거물이라고 생각해서 여기까지 끌고 들어온 건 바로 멀린 그 자신이었다.

설마 금화에 가짜를 섞어 들고 다니는 미친놈일 줄은!

한참 정신이 없던 그때, 용병 하나가 헐레벌떡 아래층에서 올라와 외쳤다.

"죄송합니다만, 지하에 문제가 생겼습니다!"

"문제? 무슨 문제?"

"그……."

멀린이 신경질적으로 묻자 용병이 한순간 대답을 망설였다.

그것으로 충분했다. 분명히 그 애송이 일행이 난동을 부리는 거겠지.

"입구 지키는 몇 놈이랑 같이 내려가! 젠장, 그거 하나도 저지 못하다니, 이 무능한 것들. 시끄럽게 굴면 그냥 기절시켜! 팔다리 정돈 부러트려도 좋다."

"예!"

멀린의 신호를 받은 다른 용병들이 우르르 지하로 내려갔다.

그 뒤는 다행히 잠잠했다. 멀린은 아수라장이 된 도박장을 보며 다시 손톱을 물어뜯기 시작했다.

"제길, 망할 애새끼……!"

아직 가짜 금화는 하나도 찾지 못했다. 금화를 죄다 꺼내 하나하나 만져 보고, 살펴보는 와중 도박장은 완전히 혼란에 휩싸여 버렸다.

개중에는 좀도둑질을 하려던 놈까지 생겨 몇 번 폭력 사태까지 벌어진 참이었다.

이 모든 게 그 은발 꼬맹이 때문이었다.

"그 꼬맹이, 반드시 내 손으로 죽이고 만다……!"

"그거, 할 수는 있으시고?"

그때, 귓가에 시큰둥한 목소리가 꽂혔다. 아직 젊은 청년의 미성이었다.

피가 차갑게 식는 것 같았다.

멀린은 뻣뻣하게 굳은 목을 간신히 돌려 상대를 확인했다. 아니나 다를까, 씹어 먹어도 시원찮을 놈의 반반한 면상이 바로 코앞까지 다가와 있었다.

입을 쩍 벌리는 멀린에게서 한 걸음 물러서며 아렌트가 귀를 후비적거렸다.

"너, 너, 너……! 어떻게?"

"경비가 영 허술하던데? 도련님 하나 못 이겨 먹는 주제에 어떻게 용병일을 한다고 나대는지 몰라."

한껏 빈정거린 그가 보란 듯이 제가 든 검을 어깨에 턱, 걸쳐 놓았다.

멀린은 그것을 한눈에 알아보았다.

고급스러운 옷과 전혀 어울리지 않는 저 검. 분명 도박장에 고용된 용병들에게 쥐여 준 거였다.

그게 의미하는 건 딱 한 가지였다.

멀린의 턱이 덜덜 떨리기 시작했다.

"설마…… 그놈들을 전부 다 쓰러뜨린 거냐?"

"그 허접들? 좀 손봐 줬어. 물론 혼자 한 건 아니고."

아렌트가 제 뒤쪽으로 살짝 고갯짓했다. 거기에는 덩치 큰 용병 둘이 흉흉한 눈빛으로 이쪽을 쏘아보고 있었다.

분명 무기를 다 빼앗았건만, 그들은 모두 원래 도박장 소속의 용병이 들고 있던 검을 꼬나 쥔 채였다.

아렌트가 무표정한 얼굴로 고개를 살짝 기울였다.

"보물찾기는 잘 되어 가나? 보아하니 애 좀 먹는 모양인데. 도와줄까?"

"이……."

멀린의 얼굴이 순식간에 시뻘겋게 달아오르더니, 온 도박장을 쩌렁쩌렁 울릴 고함이 터져 나왔다.

"이 얼간이들 같으니. 뭐 하는 거냐! 당장 저 새끼들 잡아!"

"예?"

돈주머니를 필사적으로 뒤지던 용병들과 종업원들이 반사적으로 고개를 들었다.

멀린은 그들을 향해 악을 썼다.

"저 은발 애새끼 잡으라고! 저 새끼 놓치면 네놈들도 다 뒈진 목숨인 줄 알아!"

용병들이 돈주머니를 집어 던지고 무기를 치켜들었다.

"잡아라! 저놈이 일의 원흉이다!"

"산 채로 붙잡아!"

여기저기서 고함이 터져 나왔다.

자신들에게 우르르 달려드는 용병들을 힐끗 본 아렌트는 마지막으로 멀린을 향해 씨익, 웃어 주고는 바로 옆 테이블을 용병들에게 뻥, 걷어찼다.

우당탕!

쨍그랑!

술병이 깨지고 음식물이 바닥을 뒹굴며 엉망이 되었다.

때 아닌 난투극에 사람들은 혼비백산해 비명을 지르며 도망치기 시작했다.

퍼뜩 정신을 차린 멀린이 다시 악을 썼다.

"출구 막아! 아무도 내보내지 마!"

"소리 좀 그만 질러. 그러다 뒷목 잡고 쓰러질라. 어이쿠."

그 틈을 놓치지 않고 또 빈정대던 아렌트는 제 머리를 노리고 날아든 검을 몸을 확 숙이는 것으로 간단히 피했다.

곧장 몸통 쪽으로 파고든 아렌트는 팔꿈치를 세워 적의 턱을 세게 갈기고서, 휘청거리는 용병을 그대로 도박판 위에 던져 버렸다.

갑자기 날아든 거구를 이기지 못한 테이블이 우지끈 소리와 함께 박살 났다.

테이블 잔해에 파묻힌 용병이 팔다리를 허우적대며 몸을 일으키려고 했지만, 다음 순간 날아든 글렌의 발이 안면을 꽉 짓밟았다.

축 늘어진 용병을 뒤로하고, 아서는 정면에서 달려드는 놈의 멱살을 잡아채 박치기로 기절시켰다.

"으아아악!"

그러는 사이, 이를 악물고 검을 빼 든 용병 하나가 글렌의 뒤통수를 노리고 달려들었다. 하지만 그는 라이더가 날린 깔끔한 일격에 맥없이 허물어지고 말았다.

"뭐 하는 거야, 이 멍청이들아!"

엎어지고 쏟아지고, 바닥에 흩어진 음식물 위에 사람이 나뒹굴며 난리도 이런 난리가 없었다.

길길이 날뛰던 멀린이 급하게 도망치던 손님 하나의 팔꿈치에 한 대 퍽 얻어맞아 나가떨어졌다.

서로 밀치고 부딪치다 시비가 걸려 손님들끼리 주먹다짐을 벌이는 곳도 생겼다.

 쓰러진 테이블 위에 우뚝 선 아렌트는 씨익, 만족스럽게 웃었다.

 "경치 좋네."

 도망치려는 사람들을 막고 선 채 식은땀을 뻘뻘 흘리는 용병들이 보였다.

 그리고 그 혼잡한 틈에 슬쩍 섞인 한 무리의 사람들도.

 도박장 소속 용병들을 기절시켜 옷을 빼앗아 걸친 기사 몇몇과, 마찬가지로 손님으로 위장한 포로들 일부였다. 사이프와 리히트 일행의 보호를 받으며, 그들은 조금씩 출구를 향해 나아가고 있었다.

 "저쪽은 됐고."

 아렌트의 시선이 다른 쪽으로 옮겨 갔다.

 종업원 옷을 입은 작은 덩치의 소년, 그리고 그와 동행하는 용병 몇이 보였다.

 감옥에 갇혀 있던 소년과 아서 일행이었다. 그들은 출구 쪽으로 나아가는 이들과는 반대 방향으로 움직이고 있었다.

 지금까지는 순조로웠다.

 "저 애새끼 잡으라고! 젠장, 뭐 하는 놈이야?"

 그새 눈두덩이 아까보다 두 배로 부어 버린 멀린이 비

틀비틀 몸을 일으키며 빽빽 소리를 질렀다.

뭐 하는 놈이냐고 물으신다면 대답해 드리는 게 인지상정.

이쪽을 노리고 달려드는 용병을 호쾌하게 걷어찬 아렌트는 흐읍, 하고 크게 숨을 들이마시더니, 이내 시원스런 외침이 엉망진창이 된 향락의 별세계에 쩌렁쩌렁 울려 퍼졌다.

"개자식들 주머니에서 돈 뜯으러 온 나쁜 놈이지. 내 돈 내놔, 이 사기꾼 새끼들아!"

그 우렁찬 선언에 라이더는 하마터면 혀를 깨물 뻔했다.

"저 미친놈, 진짜!"

그런 와중에도 몸은 착실히 움직여, 근처에 굴러다니던 부러진 의자 다리를 집어 들어 용병의 뒤통수를 후려치고 있었다.

"꾸엑!"

저놈은 왜 저렇게 신난 건지 모르겠다. 제 손으로 만들어 낸 이 아수라장이 퍽이나 마음에 드는 모양이었다.

라이더는 바로 전 상황을 상기했다.

감옥 바로 앞을 지키던 용병들을 기절시켜 옷을 빼앗아 걸친 아렌트는, 곧장 위층으로 올라가 용병 몇을 지하로 이끌고 내려왔다.

일전에 이스트 금고에서 써먹었던 것과 똑같은 방식이었다.

유인당해 감옥으로 온 그들을 제압하는 건 손쉬운 일이었다.

지하의 특별 공간에서 어슬렁거리던 손님들 몇몇도 그런 식으로 납치해 이 웃기지도 않은 촌극의 의상을 마련했다.

지금쯤 지하 감옥에 꽁꽁 묶인 채 발버둥이나 치고 있겠지.

"아오, 진짜. 뭐 하러 사서 이런 고생을!"

다른 생각을 할 여유는 그리 많지 않았다. 라이더는 옆에서 날아드는 무기를 검으로 가로막고는 발길질을 해 적을 떨쳐 냈다.

목적은 이놈들을 모두 쓰러뜨리는 게 아닌, 말 그대로 소란을 피우는 거였다.

최대한 난장판을 만들어 이목을 끌고, 병력을 이쪽으로 끌어모아 다른 사람들이 무사히 제 몫을 할 수 있도록.

그런 의미에서 의자 하나를 집어 들고 용병의 머리를 세게 내리쳤다.

와직, 하는 소리와 함께 부러져 나온 의자 다리를 단단히 움켜쥔 채, 라이더는 아까 아렌트가 그랬던 것처럼 외쳤다.

"덤벼, 이 새끼들아!"

"……이상한 거 배우지 마라."

바로 옆에서 싸우던 글렌이 착잡하게 덧붙이는 말에 곧바로 후회했지만.

* * *

소년, 에녹을 따라 지하 1층, 아렌트가 싸움판을 벌이는 곳으로 올라갔을 때만 해도 긴가민가했던 아서였다.

하지만 에녹은 곧 일행을 숨겨진 계단의 입구로 안내했다.

원래 입구를 지키던 용병은 아렌트가 벌이는 싸움박질에 가담하러 자리를 비운 상태였다.

"이쪽 계단으로 내려가면 일하는 사람들이 사용하는 공간이 나와요. 주방으로 통하는 길도 있고…… 종업원들이 머무는 곳이나 창고 같은 곳도 저기에 있었어요."

"아하, 아래층 객실이나 감옥이랑은 아예 다른 입구를 만들어 놓은 거로군. 개미도 아니고, 뭐 이렇게 지하를 깊이 팠대?"

아서가 짜증스럽게 투덜거렸다.

눈치를 보던 다른 이들이 슬금슬금 그들의 곁으로 다가왔다.

"그…… 저희가 할 걱정은 아닌 것 같습니다만, 저분들은 괜찮은 겁니까?"

"괜찮든 안 괜찮든 내버려 둬요. 신나 보이는데."

반은 진담, 반은 농담이었다.

아렌트야 원래 그런 놈이라 치더라도…… 글렌과 라이더는 정말로 뭔가를 내려놓은 사람처럼 보였다.

'산적처럼 생겼지만 나름대로 정도는 알던 인간들이었는데.'

존경하는 선배들이 하나둘 나쁜 놈에게 물들어 가는 꼴을 보고 있자니 여간 착잡한 게 아니었다.

하지만 위태롭다는 건 외면할 수 없는 사실이었다.

지금이야 제대로 기선 제압했다지만 결국 점점 밀리게 될 것은 저 세 사람일 게 뻔했다. 아무리 실력이 좋아도 수적 차이가 압도적이었으니까.

거기다 살인은 지양해야 하는 데다, 인간인 이상 체력이 무한대인 것은 아니었다.

"최대한 빨리 움직이죠."

아서의 말에 일행이 결연하게 고개를 끄덕였다.

문고리를 돌리자 문이 싱겁게 열렸다.

살짝 문을 열고 확인하니 조용한 복도가 보였다. 내부에 대기하던 인원들도 죄다 바깥으로 뛰쳐나간 모양이었다.

그들은 빠르게 내부로 진입해 문을 닫았다.

양쪽으로 용도를 알 수 없는, 숱한 다른 문들이 늘어서 있었다.

"여기는 일하는 사람들이 쓰는 방이었어요. 안쪽에 더 아래로 내려갈 수 있는 계단이 하나 더 있어요."

에녹이 얼른 말하고는 앞장서기 시작했다. 다른 이들 역시 다른 군말 없이 그의 뒤를 따랐다.

* * *

"괜찮으십니까?"
"이래 봬도 아직 정정하니 너무 걱정 마시게."

리히트의 걱정스러운 물음에 노인이 쓴웃음을 지으며 대답했다. 아까는 제 오빠에게 달라붙어 있던 소녀가 노인의 거동을 도와주고 있었다.

아렌트는 빼앗은 옷 중 제일 좋고 고급스러운 것을 골라 가장 거동이 불편한 이들에게 입혔다.

덕분에 그들을 수상하게 여기는 자들은 아직 아무도 없었다.

"아무도 못 나간다고!"
"접근하지 말라고 했을 텐데? 자리로 돌아가!"

이번에는 도박장 소속 용병으로 위장한 기사들이 이빨까지 드러내며 위협적으로 손님들을 향해 고함쳤다. 그러자 지레 겁을 먹은 사람들이 주춤대며 뒤로 물러났다.

리히트는 동료들이 뚫은 길 사이로 천천히 일행을 이끌었다.

"지원이냐?"

"왜 이제야 와, 젠장!"

출구를 지키던 용병들이 욕설을 짓씹으며 손을 내저었다. 빨리 오라는 재촉이었다.

"비켜! 비키라고! 왜 안 내보내 주는 건데!"

"안 된다고 했잖아! 빨리 자리로 돌아가라고!"

문 쪽은 용병들과 사람들이 실랑이를 벌이느라 아수라장이었다.

"이 틈에 돈 안 내고 튀려는 속셈 모를 줄 아냐, 이 버러지들아!"

"뭐? 버러지? 너 내가 누군지 아냐? 어디 용병 주제에 주둥이를 함부로 놀려?"

결국 인내심을 잃어버린 용병이 왈칵 악을 쓰자 사람들이 더욱 흥분하기 시작했다. 하지만 용병들 역시 물러서지 않았다.

"어디 한번 와 봐. 평생 한 번도 못 먹어 봤을 주먹맛을 보여 줄 테니까."

"내가 하라면 못 할 것 같냐? 이 무식한 용병 나부랭이가!"

일촉즉발의 상황이었다. 누구 하나라도 잘못 나섰다가

는 곧장 여기에서도 주먹다짐이 벌어질 것 같았다.

"선배님, 어떻게 할까요?"

"……."

리히트는 가라앉은 눈으로 상황을 주시했다.

대치가 이어지면서 용병들과 사람들이 두 패로 나뉘어 서로를 잡아먹을 듯 노려보는 상황이었다.

이러면 움직이기 곤란했다.

잠깐의 고민 뒤 그는 짧게 한숨을 내쉬었다.

"어쩔 수 없지."

"뭘 하시려고요?"

짧은 중얼거림에 사이프가 불길함을 감지하고는 질겁하며 물었다.

리히트는 대답하는 대신 침착하게 주변을 둘러보았다. 마침 바로 옆에서 악을 쓰던 남자 하나가 술병 하나를 소중하게 꼭 껴안은 것이 보였다.

다른 사람들이 그런 것처럼 이미 그도 잔뜩 취한 듯 시뻘건 얼굴을 하고서 용병들에게 버럭버럭 고함을 쳐 대고 있었다.

"꺼져! 근본도 없는 것들이 어디서 귀하신 몸의 앞길을 막아? ……엥?"

"잠깐 실례."

삿대질까지 해 가며 악을 쓰던 남자는 갑자기 품의 술

병이 쑥 빠져나가자 의아하게 뒤를 돌아보았다.

술이 반쯤 남은 병의 무게를 달아 보듯 이리저리 훑어보는 금발의 청년이 한눈에 들어왔다.

취기 어린 얼굴이 순식간에 일그러졌다.

"새파랗게 어린것이 뭐 하는 짓이야? 도둑이냐?"

"딱 좋군."

하지만 리히트는 아무렇지도 않게 무시하곤 술병을 고쳐 쥐었다. 병의 긴 목 부분을 틀어쥔 채, 목표물과 자신 사이의 거리를 쟀다.

"저…… 선배님?"

"대비해라. 사람들을 지켜."

"예?"

후배의 애처로운 부름에도 담백하게 대꾸한 리히트는 곧장 손에 힘을 꽉 쥐고 술병을 내던졌다.

목표물은 목이 터져라, 욕을 쏟아 내는 용병.

기세 좋게 날아간 술병이 용병의 안면에 정확히 꽂혔다.

쨍그랑!

병 깨지는 소리가 묘한 정적으로 가득 찬 공간에 선명히 울려 퍼졌다.

기습당한 용병의 몸이 기우뚱하더니, 곧 뒤로 넘어갔다.

곁에 있던 동료 용병들도, 그들을 향해 욕을 퍼붓던 사람들도 무슨 일이 벌어졌는지 당장 이해를 못한 눈치였다.

하지만 그 침묵도 잠깐이었다.

용병들의 눈에 시퍼런 쌍심지가 켜지기 시작했다.

"이…… 새끼들이 감히 사람을 쳐?"

"사람 패는 걸로 돈 버는 놈들이 처맞기는 또 싫은가 보지?"

하지만 이미 흥분할 대로 흥분한 군중은 물러서지 않았다.

바야흐로 이쪽도 난투극이 벌어졌다. 뒤엉킨 사람들은 서로 머리채를 잡고 손톱을 세우며 심지어는 이빨로 물어뜯기까지 했다.

우당탕, 쿠당탕!

그 치졸한 싸움판을 아득히 바라보던 이들의 망연한 시선이 리히트에게 닿았다.

"휘말리지 않도록 주의해라. 단번에 뚫는다."

"……선배님, 아렌트 그 자식이랑 너무 자주 같이 다니지 마십쇼."

후배의 진지한 조언은 조용히 무시했다.

3장. 일을 몰고 다니는 체질

일을 몰고 다니는 체질

지하는 텅 비어 있었다. 모든 직원들이 사태를 수습하러 라운지로 뛰쳐나간 탓이었다. 덕분에 아서 일행은 수월하게 수색을 진행할 수 있었지만, 한 가지 문제가 있었다.

누군가의 입에서 결국 한탄 섞인 짜증이 터져 나왔다.

"제길, 뭐가 이렇게 넓어?"

개미굴처럼 복잡한 복도가 이리저리 꼬여 있는 통에 방향을 잡기가 힘들었다. 에녹의 안내 덕분에 더 아래층까지 내려오는 데는 성공했지만 거기부터가 문제였다.

똑같이 생긴 문들이 줄줄이 늘어선 복도를 보며 일행은 조금 아연해질 수밖에 없었다.

"일부러 통로를 이상하게 만들어 놓은 것 같은데? 아무나 도망칠 수 없도록."

"치사한 쪽으로 머리를 굴리네요."

선배의 말에 아서가 투덜거리자 에녹이 어깨를 늘어뜨렸다.

"죄송합니다…… 저도 여기까지는 안 들어와 봤어요."

"아니야, 지금까지 안내해 준 것만으로도 충분해. 여기서부터는 우리가 알아서 해야지."

소년을 짧게 달래 준 아서는 재빠르게 머리를 굴리기 시작했다.

여기에서 시간 낭비를 할 수는 없었다. 자신들이 최대한 빠르게 움직여야 위층에서 싸우는 이들의 부담이 줄어들 테니까.

그때, 아서의 예민한 감각에 인기척이 잡혔다. 다른 기사들도 같은 것을 느꼈는지 번쩍 고개를 들었다.

"잠깐. 누가 오는데?"

"일단 아무 데나 문을 따고 들어가서 숨자."

마음이 급해진 기사들이 막 그 말을 실행에 옮기려는 것을, 아서가 제지했다.

"잠깐만요, 선배님."

"어?"

두 사람이 움직임을 멈추자, 아서는 아까와는 조금 달라진 눈빛으로 제 일행을 찬찬히 살폈다. 좋은 옷을 입혀 두긴 했지만 여전히 안색이 안 좋은 포로들과, 도박장에 속한 용병들과 같은 옷차림을 한 기사들.

생각을 마친 아서가 결단을 내렸다.

"잠깐 그냥 계십쇼."

"뭐?"

자세히 설명할 틈은 없었다.

어느새 다른 일행들 귀에도 다급한 발소리들이 들렸다. 이미 문을 부수고 들어가기에는 늦은 때였으니, 그들은 어쩔 수 없이 아서의 말대로 가만히 기다릴 수밖에 없었다.

용병 한 무리가 안쪽에서 헐레벌떡 달려 나왔다. 아무래도 내부에서 경비를 서다가 밖의 사태를 듣고 부랴부랴 뛰어나가는 것 같았다.

선두에 있던 용병이 얼굴을 와락 구겼다.

"뭐야. 네놈들은 왜 여기에 있어?"

"멍청아! 여기 입구를 비우면 어떻게 해? 떨거지들이 여기까지 들어왔잖아!"

그 순간, 아서가 되레 적반하장으로 버럭 소리를 질렀다. 순간 벙찐 얼굴이 된 기사들이 그를 보았지만, 아서는 꿋꿋했다.

"뭐라고? 떨거지?"

의아하게 묻던 용병들은 아서 뒤에 선 이들을 보고는

뜨악한 표정을 지었다. 손님 차림의 그들은 분명 여기에 있어서는 안 될 놈들이었다.

아서가 일갈했다.

"좀도둑 새끼가 여기까지 들어왔잖아, 이 얼빠진 새끼들아! 안쪽으로 더 들어갔는데, 못 마주쳤냐?"

"뭐라고? 못 봤는데? 젠장, 엇갈렸나?"

"금고 쪽에는 사람이 남아 있겠지?"

"그, 금고? 멀린 씨의 집무실 말인가? 거긴 아무도……."

"이런 얼간이들 같으니. 거길 비워 놓고 오면 어떻게 해?"

제법 실감 나는 외침에 용병들이 몸을 움츠렸다.

아서가 골치 아프다는 듯 과장된 몸짓으로 이마를 턱, 짚었다.

"젠장, 밖도 엉망인 건 사실이니…… 한 놈만 우리랑 같이 가자. 보아하니 싸움도 제대로 할 줄 모르는 머저리였던 것 같으니, 우리만으로 충분해. 나머지는 밖으로 가서 은발 애새끼나 어떻게 좀 해 봐!"

"아, 알았다. 여기는 부탁하지."

황급히 고개를 끄덕인 용병들이 한 명만을 남겨 두고 바깥으로 다시 달려 나갔다.

그들이 꺾어진 복도 너머로 사라지고 남은 한 사람이 다시 복도 안쪽을 향해 등을 돌렸다.

"왜 길은 이렇게 쓸데없이 복잡하게 만들어 놔선! 어느

쪽으로 갔는데?"

"침입자는 굳이 찾을 필요 없어."

하지만…….

턱.

힘 있는 손이, 다시 발걸음을 재촉하려던 용병의 어깨를 움켜쥐었다.

"네 눈앞에 있으니까."

스릉.

어느새 뽑혀 나온 검이 목 바로 앞까지 파고들었다. 채 상황 파악을 하지 못해 멀뚱히 서 있던 용병의 얼굴이 뒤늦게 새파랗게 질렸다.

"아까 말한 멀린 씨의 사무실이라는 곳으로 안내해라. 목이랑 몸뚱이가 영영 분리되고 싶지 않으면."

검을 바짝 들이민 채, 아서가 스산하게 말했다. 기사가 뿜어내는 살기를 고스란히 받아 낸 용병의 얼굴에 식은땀이 줄줄 쏟아지기 시작했다.

"싫으면 얼마든지 말해. 너 죽이고 다른 놈 잡아다가 안내받으면 되니까."

* * *

갑자기 출구 쪽이 소란스러워졌다. 꼴을 보아 하니 난

관에 부딪힌 리히트가 수를 쓴 모양이었다.

아렌트의 입꼬리가 살짝 휘어졌다.

"보람 넘치네, 이거."

원리 원칙에 목을 매던 시절과 비교하면 그야말로 장족의 발전이었다.

지금 옆에서 함께 테이블을 엎고 사람을 두들겨 패는 다른 두 사람도 마찬가지였다.

처음에는 꺼리는 것 같았지만 지금 이 난장판의 진정한 목적을 이해했는지, 라이더와 글렌 역시 점점 더 효율적으로 주변을 뒤집어엎고 있었다.

아서 일행이 무사히 다른 쪽 입구로 진입하는 걸 확인한 아렌트는 곧장 의자 하나를 집어 던졌다.

혼비백산한 사람들이 놀라 사방팔방으로 흩어졌다.

"저놈을 잡으라고! 다른 놈들은 내버려 두고! 저 은발 애새끼부터 잡아!!"

출구 쪽의 소란은 눈에 보이지도 않는 것 같았다.

이제 몇 안 남은 멀쩡한 테이블 위에 훌쩍 올라서서, 아렌트는 귀를 후비적거렸다.

명백한 조롱이었다.

"할 수 있으면 해 보라니까? 저 아저씨, 아까부터 사람 만만하게 보는 게 열받아서. 호구 잡은 줄 알고 신났겠지만 뜻대로는 안 될걸."

"이이익……!"

약이 오를 대로 오른 멀린의 얼굴이 시뻘겋게 달아올랐다.

금방이라도 뒷목을 잡고 넘어가도 전혀 이상하지 않을 것 같은 그의 입에서 아렌트가 기다렸던 고함 소리가 터져 나왔다.

"저놈을 잡아다가 내 눈앞에 무릎 꿇리는 사람에게 포상금을 주겠다! 당장 잡아 와!!"

"예!"

포상금이라는 말에 용병들의 눈에 빛이 돌아왔다. 다시금 사기를 충전한 이들이 무기를 다잡고 아렌트에게 우르르 몰려오기 시작했다.

새롭게 싸움이 벌어진 출구 쪽을 지원하러 달려가던 이들 역시 급하게 방향을 틀었다.

글렌이 비명을 질렀다.

"야, 이 미친놈아! 안 그래도 바빠 죽겠는데 더 끌어모으면 어쩌라고!"

"어쩌긴 뭐 어째요. 부지런히 움직여야지."

빌어먹을 후배 놈이 던진 얄미운 대꾸에 반응할 틈도 없었다.

급하게 아렌트 쪽으로 달려간 두 사람은 온갖 방향에서 날아드는 무기들을 바쁘게 쳐 내기 시작했다.

"이야, 든든하네요. 애먼 칼에 맞을 일은 없겠네."
"너 나중에 보자. 뒤통수라도 한 대 후려쳐야겠어."
아렌트가 놀리듯 하는 말에 글렌이 사납게 으르렁거렸다.
라이더가 짜증을 터뜨렸다.
"나중에 싸우고 집중이나 해!"
바로 얼마 전까지는 상상도 할 수 없던 일이긴 했다. 저놈과 함께 서로의 등을 지켜 가며 적과 맞서 싸우다니.
하여튼, 사람을 휘두르는 능력 하나만큼은 수준급이었다.
그래도 이 개고생이 영 보람이 없는 건 아니었다. 멀찍이 보이는 리히트 일행이 행동을 개시한 거였다.
"돌아와, 돌아오라고, 미친놈들아!"
입구를 힘겹게 막고 있던 용병들이 악을 썼다. 하지만 포상금이라는 말에 눈이 먼 자들에게 그 목소리가 제대로 들릴 리 없었다.
이를 악물고 저주를 퍼부으려던 용병들은 다른 방향에서 접근해 오는 동료들을 발견했다.
"너무 늦게 왔잖아! 멀뚱히 보고만 있지 말고 지원이나…… 커허어억!"
화풀이가 채 끝나기도 전, '동료'가 날린 주먹이 용병의 안면에 날아들었다.

다른 쪽도 사정은 마찬가지였다.

술 취한 도박꾼들에게 머리끄덩이를 붙잡혔던 다른 용병도 명치를 얻어맞고서 비명도 지르지 못하고 풀썩 쓰러졌다. 뒤늦게 상황을 파악한 다른 용병이 기겁하며 외쳤다.

"잠깐, 네놈들 누구야?"

"알 필요 없다."

하지만 다음 순간 들려온 리히트의 냉정한 한마디를 끝으로, 그 역시 퍽 소리를 내며 쓰러질 수밖에 없었다.

순식간에 모든 용병들이 제압당하고, 출구를 뚫고자 애쓰던 사람들이 멍하니 기사들을 바라보았다.

갑자기 도박장 소속 용병들이 제 편을 쓰러뜨린 것으로 보였을 테니 그 당혹스러운 시선들도 딱히 이상한 것은 아니었다.

이 자리에 있는 게 아렌트라면 또 그럴듯한 거짓말을 늘어놨을 테고 아서라면 침착하게 둘러댔을 터였다. 하지만 리히트는 일관적으로 무시하는 것을 택했다.

"시간 없습니다. 또 몰려올 겁니다!"

"알고 있다."

사이프가 불안하게 재촉하자 리히트는 허리춤의 검을 풀었다. 아까 감옥에서 빠져나올 때 빼앗은 거였다.

그가 뭘 할지 알아차린 사이프와 다른 기사가 기함하며

사람들을 뒤로 물렸다.

"봉변당하기 싫으면 뒤로 물러나!"

"비켜, 비켜!"

뽑지도 않은 검을 검집째로 움켜쥔 리히트가 한순간 검기를 일으켜, 그대로 잠긴 문을 사선으로 내리쳤다.

콰아앙!

폭약이라도 터진 것 같은 소음과 함께 문짝이 순식간에 산산조각 났다.

후두둑, 후두둑 떨어지는 문짝의 파편을 망연하게 바라보며 사이프가 입술을 달싹였다.

"아니…… 이건 좀 과하지 않습니까?"

"시간 없어. 달려."

하지만 이번에도 리히트는 제 할 말만 내뱉을 뿐이었다. 검을 다시 허리춤에 꽂은 그가 양쪽 팔에 노인과 소녀를 가뿐히 안아 들고 밖을 향해 달리기 시작했다.

"같, 같이 가요, 선배님!"

"잠깐만요!"

기사들이 사람들을 둘씩 둘러메고 냅다 뛰쳐나가자, 사이프 역시 허둥지둥 남은 두 사람을 옆구리에 낀 채 잽싸게 뒤를 따랐다.

박살 난 문을 망연하게 바라보던 다른 사람들은 갑자기 자기들 쪽으로 의자 하나가 날아오자 혼비백산하며 밖으로 도망치기 시작했다.

의자를 던진 장본인, 아렌트가 흐뭇한 미소를 지었다.

"일단 한쪽은 해결됐고."

"아악, 젠장! 도망친다! 저 새끼들도 잡아! 잡으라고! 한 놈도 내보내지 마!"

뒤늦게 출구가 뚫린 것을 알아차린 멀린이 머리를 쥐어뜯으며 펄펄 날뛰었다.

뒤늦게 용병 몇이 그들의 뒤를 쫓으려 했지만, 라이더와 글렌이 앞을 가로막았다.

"어딜 가려고."

"아직 우리랑 얘기가 안 끝났을 텐데?"

두 사람이 음산하게 읊조리자 용병들이 멈칫했다.

지금껏 그들에게 실컷 두들겨 맞은 동료들이 바닥을 나뒹굴고 있으니 선뜻 덤빌 엄두를 내지 못하는 거였다.

그 모습을 지켜보던 이들은 끝끝내 인정할 수밖에 없었다.

수년간 도시에 군림하며 누군가에게는 별세계, 또 누군가에게는 개미지옥 역할을 하던 화려한 도박장이 고작 몇몇의 미친놈들에게 완벽히 장악당해 버렸다고.

* * *

단숨에 계단을 오른 리히트는 사이프를 선두로 보낸 뒤

그대로 내달렸다.

어느새 뒤따라오던 주정뱅이들과 도박꾼들도 저만치 멀어진 뒤, 인적이 드문 곳까지 다다르자 그제야 리히트가 걸음을 멈췄다.

"성문 밖 숲으로 안내해. 거기에 단장님이 계실 거다."

"아, 알겠습니다! 어딘지 알 것 같습니다."

숨을 헐떡거리며 사이프가 급하게 고개를 끄덕였다.

저 사람들은 진짜 괴물이라도 되나. 각자 사람 둘을 품에 끼고 전속력으로 달렸는데도, 기진맥진한 사이프와는 달리 기사들은 땀조차 한 방울 흘리지 않았다.

리히트는 동료의 어깨를 툭 쳤다.

"이 친구랑 같이 가서 사정을 설명해. 이 사람들도 단장님께 인계해 드리고."

"예? 같이 안 가십니까?"

"나는 돌아간다. 잔챙이는 도망쳐도 상관없다고 했지만, 그중에 어떤 놈이 섞여 있을지 모르니 최대한 잡아넣어야지. 출구를 뚫린 그대로 내버려 둘 수도 없는 노릇이고. 안에 남은 단원들이 거기까지 신경 쓸 여유는 없을 테니까."

의아한 물음이 돌아오자 리히트가 단호하게 대답했다.

"도망친 놈들을 되는 대로 붙잡아 도박장으로 가지. 너는 먼저 단장님과 합류해."

"예, 알겠습니다."

리히트는 두말하지 않고 다시 몸을 빙글 돌려 도박장을 향해 돌아가기 시작했다.

사이프가 숨을 가다듬으며 멍하니 그 뒷모습을 지켜보고 있자, 남겨진 기사가 슬쩍 인상을 쓰고 물었다.

"뭘 봐?"

"아니요, 저런 걸 보면 참 정갈하고 단정한 분이 맞는데……."

사이프가 말끝을 흐렸다.

뒤이어질 말은 굳이 듣지 않아도 충분히 짐작 가능했다.

누구보다도 기사다운 그가, 어째서 그 새파랗게 어린 견습 기사와 함께 있으면 자꾸 망가지는지.

저 믿음직한 얼굴로 거리낌 없이 술병을 냅다 던지던 모습을 떠올리며, 두 사람은 찜찜한 표정을 지을 수밖에 없었다.

* * *

생전 처음 느껴 보는 패배감이었다.

뒷골목에서의 순탄치 못한 삶을 살면서도 단 한 번도 실패한 적 없었고, 그 모든 것이 다 자신의 처신 덕분이라는 걸 믿어 의심치 않으며 살아온 세월이었다.

이 도박장의 이인자 자리는 멀린이 인생에서 쌓아 온 모든 것들의 완성판이라고 할 수 있었다.

하지만 그 빛나는 이름은 정신 나간 놈들의 손에 철저히 짓밟혀 버렸다.

멀린은 이를 부득부득 갈며 아렌트를 금방이라도 잡아먹을 듯이 쏘아보았다.

"너, 도대체 뭐 하는 놈이냐?"

"나? 아까 말했잖아. 나쁜 놈 돈 뜯으러 온 개자식이라고. 척 보면 견적이 안 나와? 그러게, 사기도 상대를 봐 가면서 쳐야지."

삐딱하게 선 아렌트가 건들거리며 대꾸했다. 같은 편이 봐도 한 대 때려 주고 싶을 정도로 얄미운 모습이었다.

"지랄하지 마. 그런 놈이 미리 가짜 돈을 준비해 와서 이렇게 엿을 먹여? 어디서 보낸 놈이야? 이렇게 개수작 부린다고 내가 모를 것 같으냐!"

그러니 멀린의 속이 얼마나 박박 긁힐지는, 굳이 생각을 해 보지 않아도 충분히 짐작할 수 있었다.

"왜. 켕기는 곳이 많은가 봐? 그러게, 사람은 착하게 살아야 한다니까."

아렌트가 귀를 후비는 시늉을 해 보였다.

"여기저기에 적을 만드는 장사를 하면서 설마 얻어맞을 각오는 한 번도 안 해 봤어? 아저씨, 보기보다 순진하네. 남 등을 칠 각오를 했으면 당연히 아저씨 목도 판돈으로 걸어야 하는 거 아냐?"

"뻔뻔한 새끼…… 내가 평생에 걸쳐 쌓은 것을 이렇게 엉망으로 만들어? 그렇게 기고만장하게 구는 것도 지금이 끝일 거다. 너는 내 모든 걸 걸어서라도 파멸시켜 줄 테니까!"

분노 때문에 얼굴이 시뻘겋게 달아오른 멀린의 꼴은 엉망진창이었다.

단정하던 옷매무새는 이리 치이고 저리 치이는 통에 멀쩡한 곳이 없었고 아렌트에게 한 방, 그리고 누군가의 팔꿈치에 한 방 얻어맞은 얼굴은 눈두덩이 시퍼렇게 부었다.

아렌트도 더 이상 말끔한 모습은 아니었다. 거추장스럽던 겉옷은 어느새 벗어 던져 버리고, 셔츠도 소매를 아무렇게나 둘둘 말아 걷어 올려 귀족의 체통이라고는 찾아볼 수 없었다.

질끈 묶은 머리칼도 이리저리 삐져나와 흐트러져 있었다.

"파멸? 그거 좋지. 근데 그게 되겠어? 그 나이 먹도록 올라간 자리가 고작 높으신 분들 똥이나 닦아 주고, 순진한 사람들 고혈 빨아먹는 도박장의 관리인 정도면서."

아렌트의 입가에 비릿한 미소가 드리웠다.

일을 몰고 다니는 체질 〈119〉

"그런 주제에 감히 나를 파멸시키겠다고? 웃기지도 않는군."

"네놈이 어디서 뭘 하던 놈인지는 모르겠지만, 내가 다가 아니다. 단주님이 가만히 계시지 않을 거라고!"

"그 사람이 날 파멸시키기 전에 도박장이 이 꼴이 난 걸 보면, 네놈 목부터 거둬 가려고 하지 않을까?"

멀린의 얼굴이 순식간에 창백해졌다.

그런 그를 똑바로 내려다보며 아렌트가 또박또박 말을 이어 갔다.

"왜. 그건 무서운 모양이지? 걱정하지 마. 네놈 상관이 누구든, 눈에 띄기만 하면 잡아다가 이 영지 저잣거리 한가운데에 매달아 둘 테니까."

그저 빈정거리는 것 같기만 하던 음성이 점점 서늘해지더니 이내 얼음장처럼 차가워졌다.

"기대해도 좋아. 그 옆은 네 자리야."

혼란스럽던 라운지가 서릿발이 내린 것처럼 고요해지고, 오직 아렌트의 음성만이 싸늘하게 울려 퍼질 뿐이었다.

사람을 두들겨 패고 물건을 던질 때보다 더한 존재감이었다.

마치, 연극 무대에서 핀 조명을 받을 때처럼.

숨을 쉬는 것조차 잊어버린 채, 주위 사람들은 아렌트

를 망연히 보았다.

'저건…… 의도한 건가?'

아니면 진짜 저놈이 내비치는 분노인가.

라이더가 멍하니 생각했다.

워낙 속을 알 수 없다 보니, 저놈이 내비치는 게 진짜인지 아니면 지금까지 한 것처럼 일부러 꾸며 낸 건지 구분하기 힘들었다.

하지만 적어도 지금 이 순간, 모두가 그에게 압도당했다는 것 하나만큼은 부정할 수 없는 사실이었다.

기사나 귀족가의 도련님보다는 어딘가의 왈패에 가까워 보이는 모습이라고 해서 아렌트 특유의 오만함이 퇴색되는 건 아니었다.

싸늘한 분노를 품은 황금색 눈동자가 천천히 좌중을 훑었다.

갑작스레 벌어진 싸움판에 구석으로 도망쳤던 종업원들도, 지금껏 대적하던 용병들과 멀린, 심지어는 같은 편인 기사들조차도 입을 조금 벌린 채 견습 기사에게 시선을 완전히 빼앗겨 버렸다.

"새끼, 분위기 잡기는."

하지만 그 살얼음판 같던 분위기도 한쪽에서 불쑥 튀어나온 아서의 한마디에 와장창 깨져 버렸다. 아렌트도 언제 그랬냐는 듯 어깨를 으쓱했다.

"이 정도야 그냥 시간 끌기지. 싸움박질 길게 하면 힘 빠지잖아요."

"제발 적당히 좀 해라. 네놈 짓거리에 매번 맞춰 주려다간 뼈도 못 추리겠다."

아서가 짜증을 터뜨렸다.

분위기가 풀리자 눈치를 보던 손님들이 그 틈을 타 출구 쪽으로 슬금슬금 움직이기 시작했다.

"거기, 동작 그만."

하지만 그들은 뒤이어진 아서의 목소리에 발걸음이 멈춰 버리고 말았다.

아서는 품에 숨겨 뒀던 서류 한 뭉치를 높게 들어 사람들에게 보여 주었다.

"여기에 남아 있는 게 좋을걸. 직접 변명할 기회라도 얻고 싶으면 말이야. 자주 들락거린 사람들의 명부인 것 같던데, 이거?"

"뭐……?"

누구랄 것 없이 망연한 목소리들이 흘러나왔다.

멀린은 한 박자 늦게 아서의 얼굴을 알아보았다.

"너…… 아까 저 애송이랑 같이 있던……."

그러고 보니, 처음 저놈이 데려온 인원은 제법 수가 많았다. 그런데 라운지 가운데에서 이 난장판을 만들어 놓은 것은 단 세 명뿐이었다.

그렇다면 다른 놈들은?

아서 뒤에 선 다른 사람들도 그제야 눈에 들어왔다.

처음에는 손님이라고 생각했지만, 자세히 보니 몇몇은 낯이 익었다. 그들 틈에 섞인 에녹의 얼굴을 알아본 멀린이 입을 쩍 벌렸다.

"너, 너…… 네가 감히!"

"감히 뭐요. 또 협박이라도 하게요? 동생은 다른 사람들이랑 먼저 밖에 나갔어요. 아버지야 뭐, 죽든지 말든지."

단박에 노성이 터졌지만 에녹은 지지 않고 마주 노려볼 뿐이었다.

주먹을 꽉 쥔 멀린이 아이에게 성큼 다가가려 했지만, 아렌트가 앞을 가로막았다.

"그 나이 처먹고 어린애랑 노인을 인질로 잡아 가두기나 하고. 참 성공한 인생이시다. 그치?"

빙그레 웃는 잘생긴 낯이 싸늘한 냉기를 머금었다.

"왜. 한 대 치게? 쳐 봐. 이쯤 되면 상황이 슬슬 파악됐을 텐데?"

그 말이 맞았다. 멀린은 자신이 철저히 함정에 빠졌음을 슬슬 깨닫고 있었다.

이 정도나 되는 실력자들이 순순히 잡혀 감옥에 갇혔던 것부터가 사실 말도 안 되는 일이었다.

가까스로 멀린이 입술을 달싹였다.
"잡…….."
"잡아 죽이라고? 가능할까?"
아렌트가 고개를 삐딱하게 기울였다.
"처신 잘해라. 한 명이라도 움직이면 저 명부 들고 바로 도망칠 테니까. 잡을 자신은 있고?"
관리자의 입이 다시 일자로 다물렸다.
이가 뿌득 갈리는 소리가 입술 사이로 흘러나왔다. 꽉 쥔 주먹도 부들부들 떨렸다.
이미 상황의 주도권은 저 애송이의 것이었다.
이쪽이 무슨 발악을 하더라도 패배자가 볼품없이 짖어 대는 꼴밖에는 되지 않을 것이라는 사실이 멀린을 더욱 견디기 힘들게 만들었다.
용병들도 승기가 완전히 저쪽으로 넘어갔다는 것을 알아차리고는 슬금슬금 뒷걸음질 치기 시작했다. 더 복잡한 일에 얽히기 전에 도망치려는 거였다.
하지만 그 시도도 곧이어 들려온 차가운 목소리에 차단되고 말았다.
"움직이지 말라는 말 안 들렸나?"
리히트였다.
어느새 돌아온 그는 도주자들의 뒷덜미를 꾹 잡은 채 지상으로 향하는 계단 앞을 막고 서 있었다.

쿵, 쿵.

기절한 도박꾼들을 라운지 안으로 대충 던져 넣은 리히트는 도주 따윈 절대로 용납하지 않겠다는 듯, 싸늘한 기세를 내뿜었다.

겁에 질린 용병이 발작적으로 외쳤다.

"우, 우린 잘못 없어! 그냥 고용주가 시키는 대로 했을 뿐이라고!"

"그 고용주가 시켜서 힘없는 어린애며 노인을 납치해 지하에 가두고, 억지로 사람들을 협박해서 고리로 돈을 빌리게 한 모양이지."

하지만 그게 통할 리 없었다.

리히트가 힘 있는 목소리로 또박또박 선언했다.

"황실 기사단의 이름으로, 제국민의 고혈을 불법으로 착취한 그 책임은 여기 연관된 모두에게 물을 것이다."

"화, 황실……?"

"……?!"

차가운 침묵에 갇힌 도박장에 황실 기사단의 이름이 또렷하게 울려 퍼졌다.

관리자와 종업원, 용병…… 그리고 손님들은 모두 그대로 얼어붙어 버렸다.

리히트의 입에서 떨어진 말에 그제야 멀린은 이 모든 것들을 처음부터 끝까지 이해할 수 있었다.

그들이 이해가 되지 않을 정도로 강인한 이유와, 철저하게 도박장을 망치려는 까닭, 지금껏 정체를 숨기고 있던 그들이 지금 와서야 정체를 밝힌 연유까지도.

"아…… 아."

공포에 질린 신음이 흘러나왔다. 출처는 어느새 바닥에 털썩 주저앉아 버린 멀린이었다. 지하로 내려오는 계단에서부터 우르르 쏟아지는 발소리가 어렴풋이 들려오기 시작했다.

라이오스 단장이 부하들과 함께 들이닥치는 소리였다.

"어, 어째서 황실 기사단이. 정보 차단은 완벽했을 텐데."

"왜긴 왜겠어. 저 미친 견습 기사한테 걸린 게 잘못이지."

아서가 꼴좋다는 듯 이죽거렸다.

멀린의 신음이 절규로 변하는 데까지는 얼마 걸리지 않았다.

* * *

적절한 타이밍에 합류한 기사단의 손에 도박장은 순식간에 장악되었다. 뒤늦게 황실 기사단의 출두를 알게 된 치안대까지 부랴부랴 달려 나와 지원에 나서면서 상황은 빠르게 수습되었다.

몇 년 동안 영지를 좀먹던 도박장이 고작 이틀 만에 완벽히 진압된 거였다.

지하 깊은 곳에 숨어 있던 귀족들이며 자산가들도 한꺼번에 체포되었고, 도박장에서 벌어지는 일을 알아차리지 못하고 영업 중이던 식당 쪽도 완벽하게 제압됐다.

돌아가는 상황을 미처 모르고 있던 영주가 뒤늦게 허둥지둥 달려나와 라이오스에게 연신 허리를 숙였고, 도박장과 협력해 뇌물을 받아먹던 부패한 관리들과 치안대장은 당장 체포되었다.

그리고 이 모든 것의 일등 공신인 제3기사단 선발대는…… 라이오스 앞에 정렬한 채 얌전히 고개를 푹, 숙이고 있었다.

"과했다."

여전히 무표정한 얼굴로, 하지만 온갖 것을 눌러 삼키는 것 같은 눈빛을 한 라이오스가 간신히 한마디를 내뱉었다.

"분명 아렌트가 사고 치지 않도록 지켜보라고 했을 텐데."

거기에 대고 뭐라 변명할 말이 없었다. 기사들은 저마다 다른 방향을 보며 딴청을 피우기 시작했다.

아렌트만 빼고.

"사고 친 적 없는데요. 다 잘됐잖아요. 은폐만 잘 하면……."

"닥쳐, 좀!"

아서가 아렌트의 목을 조르기 시작했다.

두 사람이 아옹다옹 싸우는 것을 착잡하게 바라보던 라이오스는 결국, 얼굴을 쓸어내리며 커다란 한숨을 내쉬고 말았다.

"은폐할 일이 생겼다는 자체가 문제라는 건, 저 빌어먹을 놈을 빼고는 모두들 다 잘 알고 있겠지."

진압 과정에서 숱한 사람을 두들겨 팼고, 그중에는 민간인도 섞여 있었다. 물론 다들 몇 대쯤은 얻어맞아도 억울하지 않을 불법 도박꾼이었지만.

물론 이건 엄청난 성과였다.

절차를 제대로 밟아 가며 진압 작전을 펼쳤다면 분명 이런 식으로 일망타진할 수는 없었을 터였다.

그래도 위장이 자꾸만 쿡쿡 쑤셔 오는 것은 어쩔 수 없는 일이었다.

꽉 쥔 주먹을 차마 부하들에게 휘두를 수 없어, 라이오스는 애꿎은 제 명치만 꾹 눌렀다.

"뭘 그렇게 고민하십니까. 황태자 전하께서 알아서 해 주실 텐데."

"입 다물라고, 제발!"

간신히 아서의 손에서 벗어난 아렌트가 다시 나불대자 이번에는 글렌이 주먹을 날렸다. 하지만 그 일격은 허무하게 허공만 가를 뿐이었다.

라이오스가 아렌트를 착잡하게 보았다.

"다른 것은 둘째치고서, 도박장 관리자 멀린이 네가 위조 화폐를 진짜 금화 사이에 섞었다는 이야기를 하더군. 그의 말대로 그건 중죄고, 처벌을 피할 수 없는 일이다."

실성한 사람처럼 낄낄 웃어 젖히며 그렇게 지껄이던 멀린의 모습이 눈에 선했다. 실핏줄이 터진 눈으로 라이오스를 무시무시하게 노려보며 아렌트에게 증오를 쏟아 내던 모습은 광인에 가까웠다.

기사들은 조금 긴장해 아렌트와 라이오스를 번갈아 바라보았다.

확실히 지금껏 경황이 없어 미처 신경 쓰지 못했지만, 화폐를 위조하는 것은 아무리 목적이 있다고 하더라도 결코 해서는 안 되는 일에 가까웠다.

자칫 그게 칼리온 제국에 돌기 시작한다면 아렌트는 엄한 처벌을 면치 못할 터였다.

하지만 아렌트는 그저 태연하기만 했다.

"아, 그거요."

"가볍게 이야기할 게 아니다, 아렌트."

"그거 거짓말이었는데."

"뭐?"

순간 얼빠진 소리가 기사들 입에서 튀어나왔다. 라이오

스 역시 말문이 막혀 눈을 크게 떴다.

"거짓말이라고?"

"그럼 진짜겠어요? 아무리 그래도 그렇게까지 막 나가지는 않습니다. 일이 어떻게 흘러갈 줄 알고 위조 금화를 미리 준비하겠어요?"

주머니에 손을 푹 찔러 넣은 아렌트가 말을 이었다.

"목적지가 도박장인 만큼 돈이며 보석은 넉넉하게 준비해 온 게 맞지만 뭐, 안에 섞여서 분위기를 살피다 보니 제법 유효한 수일 것 같아서 시도해 봤을 뿐입니다."

"저……."

한참을 망연하게 있던 아서가 모두를 대표해 입술을 달싹였다.

"저 사기꾼 새끼……."

"반응이 제법 볼만할 것 같아서, 이왕이면 그놈 면전에 대고 직접 말해 주고 싶었는데 아쉽네요. 대신 단장님이 전해 주시든가요."

이 말을 듣는다면 이번에야말로 멀린은 화병을 이기지 못하고 피를 토하며 쓰러질지도 몰랐다.

어째서 멀린이 그렇게 간단히 거짓말에 속아 넘어갔는지는 아무도 궁금해하지 않았다. 상대가 아렌트라는 것만으로도 충분히 설명이 가능하니까.

라이오스는 지끈거리는 이마를 짚고 몇 번째일지 모를

한숨을 내쉬었다.

진짜 위조 화폐를 풀어놓은 게 아니라는 건 참 다행스러운 일이었지만…….

저 성질머리는 어떻게 하면 좋을지.

"어쨌든 대외적으로는 처음에 이야기했던 것처럼, 큰 싸움이 벌어진 도박장에 우연히 기사단이 난입했다는 것으로 처리할 예정이다. 그렇게 알아 두도록."

"예!"

눈 가리고 아웅 식이라도, 우연을 가장한 시나리오는 충분히 마련해 뒀다. 게다가 일단은 황태자도 비호해 줄 테니, 기사단의 진압 방식에 시시비비를 걸 수 있는 사람은 없을 것이다.

부하들이 폭주해 날뛴 건에 대해서는 좀 더 훈계를 늘어놓고 싶었지만, 꾀죄죄해진 몰골들을 보고 있자니 그럴 마음도 들지 않았다.

짧게 한숨을 내쉰 단장이 잔소리 대신 담백한 한마디를 꺼냈다.

"어쨌든, 모두들 고생했다."

라고.

그제야 기사들의 입가에 환한 미소가 피어났다. 아렌트는 늘 그랬듯 시큰둥한 얼굴로 못 들은 척할 뿐이었지만.

* * *

 해가 까무룩 넘어가고 또 달이 뜰 때까지 도박장 수습 작업에 매달리던 기사들은 그날 저녁, 영주가 특별히 마련해 준 숙소에서 머물게 되었다.
 저녁 식사까지 간단히 마친 뒤 아렌트는 곧장 라이오스의 방을 찾았다.
 똑똑, 노크하고 대답을 기다리지 않은 채 문을 벌컥 열자 단장이 놀란 기색도 없이 그를 맞이했다.
 "어서 와라."
 "그 채석장 위치는 찾았답니까?"
 인사도 생략하고 아렌트가 질문을 던졌다. 그 무례한 작태도 이제는 익숙해졌는지 라이오스가 곧장 답을 내주었다.
 "멀린은 입을 열지 않으려고 했지만, 아랫사람들이 순순히 실토하더군. 켄드릭 경이 직접 1기사단을 이끌고 출격하시기로 했으니 금방 수습되겠지."
 연락을 받은 즉시 출발하겠다는 대답을 들었으니, 그들이 이곳에서의 일을 마무리하고 황궁으로 돌아갈 때쯤이면 결과를 확인할 수 있을 것이다.
 "내부 서류는요?"

"자금이랑 같이 온전하게 회수했다. 증거 인멸할 시간도 없었겠지."

"흐음, 황태자 전하께서 좋아하시겠네요."

별 감흥 없는 얼굴로 아렌트가 고개를 끄덕였다.

"너희가 데리고 나온 사람들은 모두 치료사에게 진찰받았다. 다들 영양 상태가 부족하지만 큰 문제는 없다더군. 대부분 귀가 조치했지만……."

"대부분이요?"

묘한 뉘앙스에 아렌트가 살짝 인상을 찌푸리자 단장이 답을 내주었다.

"남매는 갈 곳이 없다고 해서 일단은 보호 중이다. 아버지는 채석장에 끌려간 채고, 집은 납치당할 때 빼앗겨서 허물어졌다더군. 확인해 보니 지금은 다른 건물이 들어선 상태다."

"그렇게 정신없는 와중에 그런 것까지 확인했습니까?"

"필요한 일이니까."

어이없다는 듯 돌아온 물음에 라이오스는 담담하게 대답했다.

"그 소년이 특히 네게 고맙다는 인사를 전해 달라고 했다. 잡혀 있던 다른 사람들도. 특히 네가 많이 애썼다고."

"당연히 고마워해야죠. 그 개고생을 했는데."

아렌트가 천연덕스럽게 어깨를 으쓱였다.

"그것보다, 문제는 따로 있잖습니까. 진짜 배후 쪽은 어떻게 됐는데요?"

"그래, 멀린은 단지 관리자일 뿐이고 도박장의 실질적 주인은 따로 있겠지. 그쪽을 잡아들여야 해."

마치 그 질문을 기다렸다는 듯, 라이오스가 고개를 끄덕였다.

"하지만 쉽지 않을 것으로 예상된다. 멀린과 같은 관리자들은 몇몇 더 있는 것이 확인됐지만, 멀린이 말한 단주라는 사람은 좀처럼 흔적을 찾기가 힘들어."

"그 정도입니까?"

"그래, 보관된 서류에서도 신원을 파악할 만한 건 발견되지 않았다. 실마리라고 할 것은 서류에 남은 서명뿐이라 제법 골치 아프게 됐다."

"서명이요?"

이쯤 되니 아렌트 역시 슬슬 흥미가 돋았다. 이쪽은 소설에서도 제대로 나오지 않은 영역이었으니까. 하지만 바로 귓가에 들려온 한마디에 아렌트는 순간 멈칫하고 말았다.

"레베카."

"……."

"가명인지 본명인지도 모르겠더군. 하지만 공통적인 서

명이 남은 걸로 봐서 아마 단주라는 사람이 맞을 거야."

아렌트가 눈만 끔뻑이자 라이오스는 제 설명이 부족한 거라고 생각하고는 덧붙여 말했다.

짧은 뜸 뒤, 아렌트가 고개를 기울였다.

"단장님도 모르는 이름입니까?"

"흔한 이름이긴 하지만…… 짚이는 건 없어. 이 정도 규모의 사업을 불법으로 운영하는데도 알려진 바가 없다는 건 그만큼 치밀하다는 뜻일 테지."

짐짓 심각하게 말하며 라이오스가 살며시 미간을 구겼다.

그 반응에서 아렌트는 정말로 라이오스가 아무것도 모른다는 걸 알 수 있었다. 그가 모른다면 아마 다른 기사단장들, 그리고 황태자도 상황은 마찬가지일 터였다.

따져 보면 이상한 일은 아니었다.

지하에서 악독한 사업을 꾸려 가던 레베카의 이름은 내전이 본격화될 무렵에야 알려지기 시작했으니까. 오히려 그만한 불법 도박장을 박살 내면서도 레베카를 떠올리지 못한 자기 자신이 이해가 되지 않을 지경이었다.

아렌트는 시치미를 뚝 떼고 물었다.

"그쪽은 수사를 따로 하시는 겁니까?"

"그래야겠지. 꼬리를 잡은 이상 내버려 둘 수는 없다. 더군다나 제국민을 상대로 사기와 갈취, 납치, 감금 정황까지 확인된 이상."

단호한 대답이 라이오스로부터 흘러나왔다.

아렌트는 듣는 척 마는 척, 대강 고개를 끄덕였다.

'이런 식으로 엮이다니.'

그녀는 암흑가의 큰손이었다. 나중에는 반란군, 그러니까 그놈의 악신교에 붙었던 인물이고······.

레베카가 고용한 용병은 전쟁터에서 지독한 악명을 떨치게 된다.

상념에 빠졌던 아렌트는 라이오스의 목소리에 퍼뜩 정신을 차렸다.

"일단 여기까지만 알아 두도록. 받아라."

"예?"

어느새 단장은 그를 향해 천으로 돌돌 감싼 뭔가를 내밀고 있었다. 어쩐지 기시감이 느껴지는 광경이었다.

천을 풀자 대충 예상했던 대로 그의 검이 불빛 아래에 모습을 드러냈다. 감옥에 끌려갈 때 빼앗겼던 것을 라이오스가 되찾아온 모양이었다.

"창고에서 발견했다."

"아, 맞다. 감사합니다."

전혀 감사하지 않은 투로 말하며 아렌트가 제 검을 받아 챙겼다.

위장하느라 다른 검을 든 기사들과는 달리, 아렌트는

자신의 원래 검으로 무장했었다.

아직 견습 기사 신분이니, 사용하는 검 역시 황제가 하사한 것이 아니라 입단할 때 개인적으로 지참한 물건인 덕이었다.

인사도 생략한 채 막 방을 나가려는데, 라이오스가 그를 불러세웠다.

"아렌트, 고생……."

"공치사는 됐습니다. 나중에 황태자 전하께 제대로 뜯어먹을 예정이니까요."

라이오스는 말허리를 자르고 돌아온 대꾸에 입을 다물어 버렸다. 그 틈을 타 건방진 견습 기사는 단장의 숙소에서 빠져나가 버렸다.

탁, 다시 닫히는 문을 보며 라이오스는 한숨을 푹 내쉬었다.

어쨌든 이번 일도 처음부터 끝까지 아렌트가 여기저기 뛰어다니며 해결해 낸 것은 맞으니.

그냥 황태자의 안위나 걱정하는 게 속이 편할 것이다.

✽ ✽ ✽

라이오스의 방에서 나온 아렌트는 벌러덩, 제 침대에 드러누워 버렸다.

익숙지 않은 천장을 멍하니 올려다보며 다시 상념에 잠겼다.

'레베카라……'

그녀는 칸타레스와 라이오스를 제법 괴롭힌 장본인이었다. 무엇보다 라이오스를 곤혹스럽게 만든 것은 레베카 본인이 아니라, 그녀가 고용한 단 한 사람의 용병이었다.

고용주와 용병의 관계이긴 했지만, 그 용병은 이상할 정도로 레베카에게 집착했다. 그녀의 명령은 절대적으로 수행하고자 했고, 그에 따른 피해는 철저하게 무시했다.

싸움에 휘말려 죽은 민간인도 다수였고, 기사들 역시 몇몇 목숨을 잃었다. 결국 그는 라이오스에게 처단당한 악적 중 하나로 무대에서 퇴장한다.

평범한 용병이었다면 불가능한 일이었겠지만, 그 용병은 이상한 마법을 구사하는…… 이종족이었다.

'실마리가 여기에서 잡히다니.'

"인간이 아니라면…… 엘프나 드래곤, 뭐 이런 종족이 만든 물건이라는 거죠?"

"그렇지, 애초에 인간의 힘으로는 그 정도로 강력한 아티팩트를 만드는 건 힘들 거야."

예전에 황태자와 나눴던 대화가 떠올랐다.

오히려 이건 꽤 괜찮은 기회일지도 몰랐다.

그 용병 놈을 찾을 수만 있다면 쓸데없는 피해를 막을 수 있을지도 모르니까. 겸사겸사 레베카라는 잠재적 적을 토벌해 두면 적의 세력 역시 제법 큰 타격을 입을 터였다.

'지금이면 이미 제국 내에 들어와 있겠지.'

문제는 현재 그 둘의 거점을 알 수가 없다는 거지만, 라이오스가 직접 수사를 시작할 테니 조만간 새로운 소식이 들릴 터였다.

일단 지금 중요한 건 데클란 신관과 루미엘 신관, 그리고 대신전이었다.

하룻밤을 도박장에서 보내며 꼴딱 새우고, 몸을 격하게 움직인 탓인지 졸음이 솔솔 몰려왔다.

무거워지는 눈꺼풀에 굳이 저항하지 않았다. 그렇게 견습 기사는 다음 날 아침 아서가 깨우러 올 때까지 그대로 곯아떨어졌다.

* * *

수습을 끝내고 제3기사단이 복귀길에 올랐을 무렵, 1기사단의 켄드릭에게서 반가운 소식이 날아왔다.

강제 노역장에 끌려갔던 사람들을 모두 구출했다는 거였다.

 빚을 갚지 못한 사람들은 채석장만이 아니라 이곳저곳에 흩어져 착취당하고 있었다.

 라이오스에게서 정보를 받은 켄드릭은 기사단을 분산해 파견했고, 모든 노역장을 급습해 사람들을 구해 내는 데 성공했다.

 데클란 신관 역시 그들 틈에서 온전히 구출되었다는 말을 들은 제3기사단은 일시에 환호성을 터뜨렸다.

 그간의 개고생이 모두 보답받은 기분이었으니까.

 조사차 그들을 모두 황궁으로 옮기기로 했으니, 데클란 신관과 루미엘 신관이 재회할 날도 머지않은 일이었다.

 그 말은 곧 루미엘 신관과 칸타레스, 그리고 아렌트의 거래가 성립할 날도 가까워졌다는 뜻이었다.

 황궁으로 복귀한 지 며칠 지나지 않아, 아렌트는 칸타레스의 호출을 받았다.

 기다리던 연락이었다.

 통지받은 대로 황태자 전용 서재에 들어가니 먼저 와 있던 사람들이 눈에 들어왔다.

 "드디어 왔군."

 자리에 앉아 있던 칸타레스가, 문을 열고 들어온 아렌트를 향해 손을 슥 들어 보였다. 그의 맞은편에 앉은 루미엘 신관 역시 조용히 미소 지으며 인사를 건넸다.

"오랜만에 뵙습니다, 아렌트 경."

신관의 뒤에는 처음 보는 신관이 서 있었다. 옷은 새로 갈아입은 듯 말끔한 모습이었지만, 창백한 낯빛은 최근까지 나쁜 환경에 머물렀다는 것을 증명하는 것 같았다.

아렌트는 두 사람에게 가볍게 고개를 숙이는 것으로 인사를 대신하고는 곧장 본론을 꺼냈다.

"데클란 신관님이십니까?"

제대로 예도 취하지 않고서 제 할 말을 먼저 해 버리는 무례한 작태를 새삼 지적하는 사람은 아무도 없었다. 그를 질책하는 대신, 루미엘 신관은 천천히 고개를 끄덕여 주었다.

"예, 그렇습니다. 아렌트 경께서 구해 주신 아이지요."

"은혜에…… 정말 감사드립니다."

데클란 신관이 허리를 깊이 숙였다.

아렌트는 어깨를 으쓱였다.

"은혜는 무슨. 어쩌다 보니 이렇게 됐을 뿐입니다."

"못난 저 때문에 벌어진 일은 잘 전해 들었습니다. 송구해서 고개를 들 수가 없습니다."

그럼에도 데클란 신관은 고개를 들지 않았고, 덩달아 루미엘 신관의 표정도 어두워졌다.

"신경을 기울여 주셔서 감사합니다. 파면은 면치 못하

겠지만 그래도 살아서 다시 만나게 되었으니 그것으로도 만족해요."

이런 불미스러운 일에 휘말렸으니 신관의 길을 가는 것은 이제 불가능할 것이다.

아렌트가 지나가는 말처럼 짧게 물었다.

"이제 어쩔 건데요?"

"일단은 살아남았으니, 루체 님께 감사하면서…… 앞으로의 일은 천천히 생각해 봐야겠지요. 이 한 몸 정도야 어떻게든 살아 나갈 수 있지 않겠습니까."

그제야 고개를 든 데클란이 어두운 얼굴에 애써 미소를 지어 보였다.

루미엘 신관이 말을 받아 이었다.

"직접 감사 인사를 드리게 하고 싶어서 데리고 왔습니다. 조사가 끝나는 대로 황궁에서 나가야 할 테니, 앞으로는 기회가 없을 것 같아서요."

"그 마음은 이해하겠습니다만…… 저 사람은 금방이라도 죽을 것 같은 얼굴인데요. 인사는 받았으니까 슬슬 내보내시는 건 어때요?"

애써 미소 짓는 입술이 파들파들 떨리는 것을 보며 아렌트가 툭 내뱉었다.

무리도 아니었다.

일개 신관이었던 그가 험한 꼴을 겪고, 가까스로 구출

된 직후 무려 황태자와 루미엘 신관이 함께 있는 자리에 동석하게 됐으니.

칸타레스가 고개를 끄덕였다.

"우리끼리 해야 할 이야기도 있으니까요. 그렇게 해도 괜찮겠습니까?"

"물론이지요, 전하. 인사시키고 싶다는 것도 단지 제 억지일 뿐이었는데, 배려해 주셔서 감사합니다."

신관의 말이 떨어지자마자 대기하던 제레온이 그의 팔을 잡았다.

데클란은 마지막으로 아렌트에게 한 번 더 고개를 숙인 뒤 어깨를 축 늘어뜨린 채 제레온을 따라 밖으로 나갔다.

"저러고 또 도박장을 기웃거리진 않겠죠?"

"사람 일은 모르는 거라지만, 그러지 않을 거라 믿습니다. 그래야만 하고요. 도움은 이번이 마지막일 테니까."

아렌트의 말에 루미엘 신관이 씁쓸하게 대답했다.

"다시 한번 감사의 말씀을 드립니다. 대신관님께서도 여러분께서 개입하셨다는 걸 눈치채신 것 같습니다만, 별로 꾸지람은 하지 않으셨습니다."

"신관 개인의 비행이니 신전에 책임을 물을 일은 절대로 아닙니다. 혈기 넘치는 젊은이가 그럴 수도 있지요."

칸타레스가 피식 입꼬리를 휘었다.

"그리고 딱히 황실이 신전의 일에 개입한 것도 아닙니

다. 우연히 근처에 외부 훈련을 나갔던 라이오스 경이, 폭동이 벌어진 현장을 우연히 진압한 것일 뿐이니까요."

물론 그 폭동의 시발점이 은발의 건방진 견습 기사란 말이 체포당한 놈들에게서 간간이 들려오긴 했지만……

어쨌든 공식적으로는 아렌트 및 그와 함께한 인원은 라이오스와 함께 훈련 중이었던 것으로 되어 있기 때문에, 그 증언은 받아들여지지 않았다.

"그 과정에서 실종된 데클란 신관의 이야기를 접하고, 피해자 무리 중 그를 찾아내 루미엘 신관님께 인계해 드린 것은 단순한 '선의'에 불과하고요."

칸타레스가 단어에 묘한 강세를 두며 덧붙였다.

물론 대신관은 바보가 아닐 테니 얼추 앞뒤 상황은 모두 파악했을 게 틀림없었다.

그의 침묵은 루미엘 신관과 황태자의 '선의의 거래'를 묵인하겠다는 의사 표명이었다.

더 이상 끼어들거나 지적할 부분이 없는 것도 사실이었다.

다 좋게 끝난 일에 괜히 첨언했다가는 대신관 꼴만 우스워질 테니까.

천천히 고개를 끄덕이는 노신관의 입가에 잔잔한 미소가 피어났다.

"저는 이제야 황태자 전하의 부탁을 들어드릴 수 있겠

군요. 늙은이의 욕심 때문에 참 많이도 돌아왔습니다."

그녀는 품에서 가지런히 모아 묶은 서류를 꺼내어 테이블 위에 올려놓았다.

"더 이상 지체하는 것도 실례일 듯해서, 미리 제레온 보좌관께 정보를 받아 보고서를 작성해 봤습니다. 혹시 의문점이 생기시거든 언제든지 말씀해 주세요."

"감사히 받겠습니다."

"신전 내의 분란 역시 잘 정리해 보겠습니다. 지금이라면 대신관님도 설득할 수 있겠지요."

그렇게만 된다면 이제 당장 황실과 신전 내부의 일은 어느 정도 해결이 될 것이다.

그렇다면 이제 남은 것은.

"우리도 이제 계산을 끝내야죠, 전하."

아렌트가 씨익 웃으면서 내뱉는 말에 칸타레스가 얼굴을 감싸 쥐었다.

루미엘 신관이 어색한 웃음을 흘렸다.

"그럼 저는 이만 자리를 피해 드리지요. 아무래도 두 분께서 나누실 이야기가 있는 듯하니······."

"이렇게 가십니까? 매정하시기는. 이 녀석 좀 말려 주시지 않고요."

"후후후. 어쩔 수 없는 일은 빠르게 수긍하는 편이 더 나을 때도 있답니다, 전하."

인자하게, 하지만 단호하게 대답한 신관은 우아한 몸짓으로 자리에서 일어나 그대로 퇴장해 버렸다.

탁.

문이 다시 닫히고, 서재에는 칸타레스와 아렌트 둘만이 남았다. 아렌트는 방금까지 루미엘 신관이 앉아 있던 자리를 차지하고 퍼질러 앉아 버렸다.

"어떻습니까?"

"어떻긴 뭐가 어때. 덕분에 일거리가 또 쏟아지는데."

칸타레스 역시 얼굴에 미소를 지우고 투덜거렸다.

"일이 일을 부른다더니…… 이쯤 되면 네가 일을 몰고 다니는 체질인 거 아냐?"

"딱히 그런 취미는 없거든요. 이왕이면 따뜻한 침대에서 한 발자국도 안 움직이는 쪽이 더 취향이라고요."

"지나가던 개가 웃겠다. 어쨌든, 라이오스한테 보고는 들었다. 배후가 더 있다고?"

코웃음을 친 칸타레스가 화제를 돌렸다.

의자에 몸을 푹 기대며 아렌트가 어깨를 으쓱했다.

"도박장 규모를 봐서는 조직 크기도 엄청날걸요. 보아하니 이미 단장님은 움직일 준비를 하신 모양이던데요. 전하께서 수사 허가만 내려 주시면 됩니다."

"알았어. 그 건은 서류가 올라오는 대로 처리해 주지."

흔적을 찾아서 여기저기 들쑤시다 보면 분명히 저쪽에

서 먼저 모습을 드러낼 것이다. 그러니 이제 남은 것은.

"이번에 꽤 짭짤하셨죠, 전하?"

"……."

칸타레스가 슬쩍 시선을 피했다.

"도박장에 모여 있던 자산이 꽤 됐을 텐데. 조금만 떼어 주시죠."

그러거나 말거나 아렌트는 히죽 웃으며 뻔뻔하게 나올 뿐이었다.

칸타레스가 얼굴을 쓸어내리며 한숨을 터뜨렸다.

"날강도가 따로 없군."

"날강도라뇨. 거저 달라는 것도 아니고. 제가 그 도박장에 침투할 때 뿌린 돈이 얼마인지는 아십니까?"

"……."

"거기에 약간의 수고비 정도를 얹어 주신다면야, 사양하지 않고 받겠습니다."

"잔말 말고 내놓으라는 소리를 잘도 돌려 말하네."

칸타레스가 곧 끙, 하고 앓는 소리를 냈다.

"제길, 도박장 자금은 전부 다 국고로 환수될 거야. 제국 자금은 내가 손댈 수 없어."

"당연히 압니다. 사비로 내놓으시죠. 저도 딱히 횡령금을 받고 싶은 건 아니니까요."

"나쁜 자식 같으니. 그렇게 이야기할 줄 알았다."

"아, 그리고 하나 더."

아렌트가 덧붙이자 칸타레스가 살짝 인상을 찌푸렸다.

"또 뭔데?"

"이것도 딱히 대단한 건 아닌데, 혹시 황궁에 일손 안 필요하십니까?"

"일손?"

칸타레스가 의아하게 되묻는 말에도 아렌트는 뻔뻔하게 대답을 날릴 뿐이었다.

"시종 둘 정도 더 거두는 건 일도 아니시죠?"

"……새 시종을 받으라고?"

잠깐 고민하는 듯이 뜸을 들이던 칸타레스가 피식, 웃음을 터뜨렸다.

"좋아. 원래 시종 고용은 내 일이 아니지만, 그 정도의 권력 남용이야 얼마든지 해 줄 수 있지. 네가 뭐 때문에 그러는지도 대충 알 것 같으니까. 이름이 에녹이랑 로지랬나?"

도박장에서 구해 낸 애들이었다. 갈 곳이 없던 아이들은 복귀하는 기사단을 따라 황궁까지 왔지만, 아버지와 함께 사는 건 당분간 불가능하게 됐다.

아버지 쪽을 조사하는 과정에서 예전에 저지른 여죄가 발각돼 한동안 감옥신세를 지게 된 것이다.

"시종장에게 신경 좀 써 주라고 명해야겠군. 까칠하기로 소문난 아렌트 경이 관심을 가진 아이들이라고. 평민

출신이라고 무시하다간 큰코다칠 거란 말까지 덧붙여서."

"그거 좋네요."

놀릴 의도가 다분한 말이었지만, 아렌트는 천연덕스럽게 어깨를 으쓱할 뿐이었다. 그 재미없는 반응에 칸타레스가 칫, 혀를 찼다.

"네가 말한 그 수고비는 현물 대신에 전표를 내주지. 이따가 제레온이 직접 가져다줄 거야. 그리고 이거."

칸타레스의 손가락이 루미엘 신관의 보고서를 톡, 두드렸다.

"이것도 사본을 만들어서 라이오스 단장에게 전달할 테니 네 단장이랑 같이 확인해 봐. 이걸로 계산 끝. 불만 없지?"

황태자에게서 자금도 상당 부분 뜯어냈고, 신전 내 문제도 해결한 데다, 루미엘 신관에게서는 원하던 정보까지 얻어 냈다.

이보다 더 완벽할 수는 없었다.

아렌트는 씨익, 웃으며 고개를 끄덕였다.

"깔끔하고 좋네요."

"그래그래, 아주 만족스러우시겠지."

용돈을 탈탈 털린 칸타레스가 뚱하니 투덜거렸지만, 그건 당연히 알 바 아니었다.

4장. 호기심은 고양이를……

호기심은 고양이를……

 앉은 자리 위로 따뜻한 햇살이 쏟아졌다. 마침 식사 시간이라 그런지 늘 한산하던 식당에는 드문드문 손님이 보였다.

 칸타레스의 황궁 밖 비밀 장소는 어느새 견습 기사가 이따금 찾는 단골 식당이 되었다.

 아렌트는 로렌스가 서비스로 내준 오렌지 주스를 홀짝이고는, 미리 썰어 둔 스테이크 한 점을 포크로 쿡 찍어 입안에 쏙 넣었다.

 그러면서도 시선은 가지고 온 보고서에 내내 고정된 상태였다.

 '주술이라…….'

 아렌트가 진술한 아티팩트의 동작 원리, 그리고 슈타들

러 백작의 연구 결과를 참고한 결과, 루미엘 신관은 그것이 다크엘프 종족의 주술과 비슷하다는 결론을 내렸다.

봉사차 제국을 떠돌아다니던 젊은 시절, 루미엘 신관은 해안가에서 바다를 건너온 다크엘프들과 대화할 기회를 얻었다.

엘프 일행 중 한 명이 뱃길에서 병을 얻어 신성력으로 치료해 주었는데, 신성력에 호기심을 보인 다크엘프들과 이런저런 대화를 나누던 중 주술 얘기도 들을 수 있었단다.

환자의 부상을 남에게 옮기는 주술.

다크엘프들은 그것을 저주의 일종으로, 죄인을 처벌할 때 쓴다고 했다.

병에 걸린 환자나 부상자가 생기면 수감해 둔 사형수를 끌고 와서 환자의 병을 죄인에게 옮긴다.

죄인들은 마을 사람들의 병과 부상을 떠안고 대신 생을 마감하는 것이다.

아마 그 주술사 역할을 하는 게 아티팩트일 테지.

아렌트는 남은 오렌지 주스를 한꺼번에 입에 털어 넣고는 보고서를 마저 읽어 내렸다.

'주술사'가 될 수 있는 엘프는 태어나면서부터 정해진 표식을 타고나고, 거기에 딱히 기준은 없었다. 고위층의 가정에서도, 간신히 하루하루 사는 것도 벅찬 빈곤층에서도 태어났다.

또 병과 상처를 타인에게 옮기는 능력은 오직 다크엘프만 가질 수 있으니, 그 힘은 소수의 사람에게 랜덤으로 나타나는 종족 고유의 힘이라고 생각해도 무방할 듯했다.

'그렇다면……'

영웅 칸 시대의 전쟁 당시, 다크엘프 주술사가 악신 체르니온 편에 붙어 그 아티팩트를 제작했다고 생각하는 게 자연스러울 터였다.

마지막 남은 스테이크를 입에 쏙 넣으며 보고서를 덮어 버리자, 멀찍이서 바라보던 로렌스가 인자한 미소를 띠고 다가왔다.

"식사는 입에 좀 맞으십니까?"

"당연하죠. 잘 먹었습니다."

아렌트는 로렌스의 손에 음식값을 올려놓고는 자리에서 몸을 일으켰다.

"좋은 하루 되시길. 칸 님께도 안부를 전해 주시면 감사합니다."

"네, 그럴게요."

그 칸 님은 지금쯤 책상에 파묻혀 골머리를 앓고 있을 테지만.

고개를 까닥하는 것으로 인사를 대신한 아렌트는 어슬

렁어슬렁 식당에서 빠져나왔다.

 모처럼 한가한 시간을 틈타 황궁에서 빠져나왔으니 해야 할 일을 최대한 많이 처리해 둬야 했다.

 큰길가에 나선 아렌트는 곧장 방향을 잡아 성큼성큼 걷기 시작했다.

 하지만 그것도 잠시, 묘하게 시야 끝에 뭔가가 걸리는 느낌에 그의 걸음이 천천히 느려졌다.

 그리고 그대로 세 발자국 후퇴.

 건물 벽에 기대어 쭈그리고 앉은 한 남자가 보였다.

 머리끝까지 뒤집어쓴 로브는 분명 저렴한 물건은 아니었지만, 며칠을 밖에서 굴러다녔는지 꼬질꼬질해져 있다.

 칼리온 제국이 아무리 융성하다 해도, 걸인이 드문 것은 아니었다. '아렌트'라는 사람 역시 거리에서 마주친 노숙자에게 새삼 시선을 잡아 채일 만큼 인정 많은 인간도 아니었다.

 하지만 그럼에도 아렌트가 멈춰 설 수밖에 없던 이유는, 로브 아래로 드러난 얼굴이 낯익은 탓이었다.

 "그…… 여기서 뭐 하십니까?"

 아렌트가 기가 막혀 툭 내뱉은 말에 걸인, 이 아니라 데클란 신관이 화들짝 놀라 고개를 들었다.

 "아, 아, 아렌트 경?"

"여기서 뭐…… 아니다. 됐습니다. 새삼 물을 만한 게 아니었네요."

다행히 징역은 면한 모양이었지만 신전에서도 쫓겨나고, 일가친척도 없는 몸이니 길바닥에 나앉을 수밖에 없었을 터였다. 염치없이 루미엘 신관에게 손을 벌리는 것도 힘들었을 테고.

며칠을 굶었는지 그렇지 않아도 창백하던 얼굴에 피골이 상접했다.

"식사는요?"

"……."

부끄럽다는 듯 데클란이 고개를 숙이자, 그에 대신 대답하듯 꼬르륵 소리가 힘차게 들려왔다.

아렌트는 이마를 짚고 한숨을 푹 내쉬었다.

"따라오십쇼."

"예?"

"아, 잔말 말고 따라오라고요."

결국 짜증을 터뜨리자 데클란이 허겁지겁 몸을 일으켰다.

그를 착잡하게 보던 아렌트는 한 번 더 한숨을 토해 냈다.

그리고 몇 분 후. 두 사람은 노이만 상단 본점, 최상층의 상단주 전용 응접실에 나란히 앉아 있게 되었다.

꾀죄죄한 꼴로 눈을 휘둥그레 뜨고 주변을 두리번대는 데클란과 그 옆에서 착잡한 얼굴로 앉은 아렌트를, 노이만 상단주는 복잡한 표정으로 가만히 마주 보았다.

"아렌트 경. 처음에는 몰랐는데, 요즘 따라 느끼는 거지만…… 은근히 오지랖이…….""

"그래서, 불만 있어요?"

"아닙니다. 그럴 리가요. 시장하신 듯하니 식사를 준비해 드리겠습니다. 직원을 따라서 아래층으로 내려가시면 됩니다."

곧장 돌아온 까칠한 대답에 웃음을 터뜨린 상단주가 손짓으로 직원을 불렀다. 눈치 빠른 직원이 고개를 끄덕이고는 데클란을 데리고 아래층으로 내려갔다.

두 사람의 모습이 계단 너머로 완전히 사라지자 노이만 상단주가 입을 열었다.

"식사 정도야 언제든지 대접해 드릴 수 있습니다만, 도박 전적이 있는 사람이니 채용하기는 조금 불안하군요. 그래도 최근 사업이 커지며 일손이 모자라긴 한데……."

"구미가 당기는 제안을 내놔 보라, 이 말씀이시죠?"

아렌트가 피식 웃자 노이만 점장이 빙그레 미소 지으며 고개를 끄덕였다.

"역시 척하면 척이십니다. 어차피 오늘 만나자고 제안하신 데에는 다 이유가 있으실 것 아닙니까?"

"하여튼 성격 나쁘시다니까."

그렇게 말하면서도 아렌트는 품에서 뭔가를 꺼내 테이블 위에 올려놓았다.

그 움직임을 시선으로 쫓던 노이만의 눈이 휘둥그레졌다.

"이건…… 전표 아닙니까?"

"황태자 전하께 뜯어냈습니다."

아렌트의 당당한 선언에 노이만은 황당하다는 빛을 숨기지 못했다. 하지만 녹록찮은 상인답게 곧 표정을 갈무리한 그가 물었다.

"그 도박장 사건 말씀이십니까? 아무래도 발표된 것과는 다른 속사정도 있는 모양이지요. 제3기사단이 토벌을 주도했다는 이야기를 듣고 어느 정도 짐작은 했습니다만."

"대충 그렇죠, 뭐. 여튼 시커먼 돈은 아니니 안심하시고."

거기까지 말한 아렌트는 잠깐 뜸을 들이다 툭 내뱉었다.

"정보상에 대해서는 어떻게 생각하십니까?"

"예?"

"골목 후미진 공간에 있는 그런 음습한 정보상 말고요. 안전하고 검증된 정보만 제공하는 그런 걸 말씀드리는 겁니다."

처음에는 당황하던 노이만 상단주는 아렌트의 이야기가 이어질수록 점차 흥미로 눈을 반짝였다.

"지금 아렌트 경께서는 제게 사업 제안을 하시는 거군요. 그 안전하고 검증된 정보의 예시를 알 수 있겠습니까?"

"어떤 지역에 무슨 물자가 부족하니, 그것으로 무역을 시작하면 대박이 날 것이다. 가족 중에 실종자가 있는데 그와 닮은 사람이 어디에서 목격되었다…… 이런 거요."

아렌트가 어깨를 으쓱했다.

"어차피 상단을 꾸려 나가려면 정보력은 필수잖아요. 안 그렇습니까? 겸사겸사 그걸 상품화하자는 거죠."

"확실히 앞에 말한 정보는 모든 상단이 촉각을 곤두세우는 부분입니다. 만일 직접 진출하지 못한다더라도 다른 상단에 그 정보를 파는 것만으로 큰 이익을 볼 수 있겠지요."

상단주가 고민하듯 턱을 쓸어내렸다.

"제국 각지에 분점이 퍼져 있으니 정보를 모으는 것 역시 어려운 일은 아닙니다. 전문 인력을 몇 배치해서 각 분점끼리 주기적으로 공유하게 하면 될 겁니다. 본점은 모든 정보가 모이는 구심점 역할을 하고요. 하지만……."

거기까지 말한 상단주가 진지하게 말을 이었다.

"역시 문제가 없지는 않습니다. 일단 사람들이 정보상

에 가진 인식이 그리 좋지만은 않으니까요."

"그건 노이만 상단의 이름으로 해결할 수 있는 부분 아닐까요? 인식이야 바꾸기 나름이죠."

"팔아도 되는 정보와 팔면 안 되는 정보를 구분하는 것도 품이 많이 들 것입니다. 그간 정보상이 음지에만 머물렀던 건 그런 이유도 있습니다."

"그것도 노이만 상단주님이라면 충분히 가능할 거라 믿습니다."

"허허허……."

천연덕스러운 얼굴로 대꾸하자, 노이만 점장이 어이없는 웃음을 흘렸다. 하지만 그렇다고 해서 썩 기분 나쁜 기색은 아니었다.

"그렇게까지 말씀하신다는 것은, 이 사업이 아렌트 경께도 필요하시단 뜻이겠지요?"

"아무래도 그렇죠."

아렌트가 고개를 끄덕였다.

"시작 자금은 제가 대겠습니다. 노이만 상단 측에 묶인 제 지분도 얼마든지 활용하셔도 좋고요."

"그렇다면 사업이 실패해도 제게 큰 타격은 없겠군요."

음지에 있던 것을 햇빛 아래로 끌어내는 것은 상당한 도박이었지만, 사실 시도만 한다면 실패할 리는 없는 사업이었다. 실제로 여러 대형 상단들은 으레 정보 부서를

호기심은 고양이를…… ⟨161⟩

운영하고 있으니까.

 상행의 기본 원칙은 확실한 정보에서.

 그건 어떤 상단이든 상위에 놓는 기본 원리였다.

 여하튼, 이게 시행된다면 돈 많은 귀족들도 몰래 뒷골목의 정보상을 찾아갈 일도 없어질 테고, 노이만 상단에서 정보를 제공한다고 하면 정보력이 부족한 소형 상단들 역시 쌍수 들고 환영할 게 분명했다.

 한참을 고민하던 노이만 상단주가 장난스럽게 입술을 휘었다.

 "좋습니다. 시도해 보지요. 이 자금이 다른 상단에게 흘러드는 것을 볼 바에야 제가 직접 불길에 뛰어들어 보겠습니다."

 "그렇게 말씀하실 줄 알았어요."

 아렌트가 씨익 웃으며 전표를 노이만 쪽으로 밀어 주었다.

 "데클란 신관…… 아니, 데클란 씨를 위탁하는 비용도 그 정도면 충분하겠죠? 어차피 사업이 대박나면 노이만 상단주님 주머니도 돈으로 터져 나갈 텐데."

 "일단은 3개월간 임시 고용 상태로 지켜보겠습니다. 새로 시작할 사업 쪽의 말단으로 참여시키는 쪽이 좋겠군요. 정식으로 채용할지는 그 뒤에 결정해도 되겠습니까?"

을 수 있었다.

하지만 좋은 일을 굳이 남 시킬 필요는 없었다. 개인적으로 이스트 상단의 상단주는 조금 비호감이기도 했고.

쓸 곳도 별로 없는 돈이 점점 늘어 가는 건, 언제 생각해도 기분 좋은 일이다.

가벼운 발걸음으로 복귀하니 곧장 아서의 짜증 가득한 한 마디가 그를 맞이했다.

"너는 어딜 그렇게 싸돌아다녀?"

"하루 이틀도 아닌데, 매번 그렇게 짜증 내는 것도 귀찮지 않아요?"

"말하는 싸가지 하고는. 자, 아까 시튼이라는 시종이 주고 가더라."

그를 곱지 않게 흘겨본 아서가 밀봉된 편지 한 통을 건넸다.

늘 그렇듯 감사 인사 따위는 생략하고 편지를 받아 든 아렌트는 습관처럼 발신인을 확인했다.

잠시 후, 잘생긴 미간이 조금 구겨졌다. 보통 발신자를 적는 부분이 텅 비어 있었다.

곁에서 아서가 한마디 거들었다.

"나도 이상하다고 생각했어. 발신인이 없는 편지라 시튼도 전해 주면서 긴가민가하더라고."

고급스러운 재질의 봉투를 몇 차례 뒤집어 확인한 아렌

트는 곧장 봉인을 뜯어 내용을 확인했다.
"어?"
괜한 호기심에 옆에서 기웃대던 아서의 얼굴이 딱딱하게 굳어 버렸다.
빳빳한 종이 위에 새빨간 글씨가 살벌하게 새겨져 있었다.

호기심은 고양이를 죽인다.

언젠가 이런 상황이 또 있었던 것 같은데.
아렌트는 쯧, 짜증스레 혀를 찼다.
"인기가 많은 것도 귀찮은 일이네요."
"무슨 헛소리야, 새끼야!"
아서가 버럭 고함을 쳤다. 그 소리에 생활관 여기저기에 있던 기사들이 모여들기 시작했다.
"뭔데? 무슨 일이야?"
"웬 소란인데?"
선배들이 자신을 가운데에 두고 동그란 원을 만들 때까지, 아렌트는 멀뚱멀뚱 그 편지를 내려다보기만 했다.
상식적으로 생각해서 이건……
"협박장이겠죠? 더 이상 파고들지 말라는 것 같은데."
"네 성질머리에 이런 것 하나 두 개쯤 날아오는 것도

딱히 이상한 일은 아니다만…….."

아렌트가 툭 내뱉은 말에 누군가가 신음처럼 중얼거렸다.

거기에 반박하는 사람은 아무도 없었다.

종이에 코를 대고 킁킁 냄새를 맡자 비릿한 혈향이 올라왔다. 그저 새빨간 것도 아니고 묘한 검붉은 빛을 띤 것이, 누가 봐도 피로 쓴 글씨였다.

아서가 사납게 이를 북북 갈았다.

"젠장, 감히 황실 기사에게 협박장을 보내? 간도 큰 놈이군."

"그러게. 보통 황궁으로 이런 걸 발송할 생각은 안 할 텐데. 애초에 발신인이 불명확한 물건은 황궁에 못 들어오지 않나?"

"누군가가 편지 더미 사이에 슬쩍 끼워 넣은 거겠죠. 사실 아무리 황실이래도 실력 좋은 놈이 마음먹고 숨어드는 걸 완벽하게 막진 못하잖아요."

곁에서 글렌이 심각하게 중얼거리는 말에 마치 남 일처럼 시큰둥하게 대꾸한 아렌트는 편지를 앞뒤로 둘러보았다.

한 면에 협박성 문구가 새겨진 것 말고 딱히 눈에 띄는 것은 없었다.

"짚이는 곳은?"

호기심은 고양이를…… ⟨167⟩

"없겠습니까?"

발신인을 추측할 수 있는 정보는 아무것도 보이지 않았지만, 짐작되는 부분은 있었다.

아렌트의 입꼬리가 휘어졌다.

"도박장을 탈탈 털린 게 어지간히도 억울했던 모양이죠."

레베카.

다른 기사들 역시 그 이름을 떠올릴 수 있었다.

라이더가 얼굴을 와락 구겼다.

"뭐야. 그런데 왜 너한테 콕 집어서 이래?"

"상대도 바보는 아닐 테고, 생각 다섯 번만 해 보면 누가 주도했는지도 대충 감 잡지 않겠습니까? 거기에서 제일 깽판 친 사람이 누군데요."

"자각은 있어서 다행이다, 이 자식아."

딱히 얼굴을 가린 것도 아니었으니, 인상착의를 토대로 그가 누구인지 알아내는 것도 그리 어렵지 않았을 터.

아렌트는 뺨을 긁적였다.

"간 큰 놈이네, 이거. 내용은 협박이지만 하는 짓은 선전 포고 쪽에 더 가까운데⋯⋯ 아."

"왜?"

"생각해 보니 이쪽도 딱히 대응할 방법이 없어서요. 우리도 떳떳한 건 아니잖습니까."

아렌트와 그 일당들이 도박장 내에 있었다는 건 일단 비밀이었으니까.

이 협박장을 보낸 상대도 그 도박장의 주인이라는 증거가 없으니, 공식적으로 협박장에 대해 수사하는 건 힘들었다. 그쪽으로 꼬투리를 잡히는 것도 곤란할 테니까.

그 말뜻을 이해한 아서가 인상을 구겼다.

"그것도 그렇군. 여하튼, 저쪽에서 무슨 수작을 부릴지 모르니 당분간은 조심해서 다녀. 이건 어쩔 건데?"

"일단은 잘 보관해 놓죠, 뭐. 언젠가는 돌려줄 일이 생길지도 모르고."

아렌트는 어깨를 으쓱하며 협박장을 잘 갈무리했다.

"일이 재미있게 됐네요. 진짜 그놈들이 보낸 건지, 아니면 또 다른 누가 있는지는 모르겠지만."

거기까지 말한 그의 고개가 한쪽으로 기울어졌다.

"이렇게 된 이상 마음껏 들쑤셔 줄 수밖에."

"……물러서지 않는다는 그 용맹함은 좋다만, 너한테는 경각심이라는 게 없는 거냐?"

"여기에서 제가 경각심을 가져야 할 부분이 어디에 있습니까?"

질렸다는 리이디의 말에 아렌트는 태연하게 대꾸했다.

"그리고 잘 생각해 보시죠. 제가 협박장을 받았다고 보고하면 과연 단장님이 가만히 계시겠습니까?"

"……."

아니지. 절대 아니지.

순식간에 기사들의 입이 딱 다물렸다.

감히 우리 견습 기사의 안위를 위협했냐며, 더욱 불이 붙어 수사에 매진할 라이오스의 모습이 벌써 눈에 선했다.

"옆에서 살살 부채질이나 하죠, 뭐. 선배들도 미리 마음의 준비 정도는 해 두시는 게 좋을걸요. 일거리가 쏟아질 테니까. 일단 이건 제가 나름대로 조사해 보겠습니다."

"아오, 저 얄미운 새끼……."

누군가가 작게 탄식을 흘렸다.

"고양이는 개뿔."

유감스럽게도 저놈은 고양이같이 귀여운 생물은 아니었다. 커다란 능구렁이라면 모를까.

* * *

협박장이 도착했다는 건 불문에 부쳐졌다. 하지만 견습 기사의 예측은 곧 현실이 되었다. 복귀하자마자 보고받은 협박장 소식에 라이오스가 눈에 불을 켠 것이다.

"수사를 확대하지."

마침 바로 얼마 전 황태자의 허가까지 떨어진 참이었

다. 라이오스를 막을 수 있는 건 아무것도 없었다.

 몸을 숨긴 채 잘 영업하던 불법 도박장이며 암시장, 거래소들은 졸지에 날벼락을 맞았다. 거기에 다이아나와 켄드릭까지 가세하며 조사 범위는 더욱 넓어졌다.

 그리고 아렌트는, 그 호기심 많은 고양이가 자기 자신이라는 걸 만천하에 드러내고 싶기라도 한 것처럼 줄기차게 이곳저곳을 쏘다녔다.

 결국 보다 못한 아서가 버럭 짜증을 터뜨렸다.

 "너는 자중이란 말을 몰라?"

 "선배, 점점 짜증이 느는 것 같은데. 저기 주방 가서 따뜻한 우유라도 달라고 하세요."

 "야이 씨, 너 때문이잖아!"

 "왜요?"

 막 밖으로 나서려던 아렌트가 정말 자신은 아무것도 모른다는 듯, 눈을 휘둥그레 뜨며 뒤를 돌아보았다.

 "설마 걱정이라도 하는 거예요? 그깟 협박장 하나 때문에?"

 "……."

 아서의 눈썹이 꿈틀댔다.

 누기 보면 순수하게 감동받은 막내 기사의 표상이라고도 할 수 있었지만, 상대가 아렌트라는 게 문제였다.

 무구하게 눈을 반짝이는 낯짝에 주먹을 한 대 꽂아 주

면 속이 시원할 것 같은데.

 하지만 미처 그것을 실천하기도 전, 놈은 금세 순진무구한 낯짝을 집어치우고 평소의 건방지기 짝이 없는 무표정한 얼굴로 돌아왔다.

 "전 어디 가서 맞고 다니는 선배랑은 다릅니다. 여차하면 선배들 다 팔아먹고 나 혼자 살 길 찾아도 되고. 전 누구처럼 멋들어지고 비장한 죽음에는 딱히 관심 없거든요."

 "그거 언제까지 우려먹을 거냐고!"

 짜증과 분노에 휩싸여 제 머리를 마구 헝클어뜨리는 그를 한심하다는 듯 바라보던 아렌트는 문득 입을 열었다.

 "오늘 한가하죠?"

 "뭐? 어…… 쉬는 날이긴 한데."

 "그렇단 말이죠."

 퍼뜩 정신을 차린 아서가 얼떨결에 대답하자, 건방진 견습 기사는 살짝 인상을 쓰고 고개를 갸웃했다.

 "뭐야. 왜 그렇게 봐. 기분 더럽게."

 "아뇨. 선배가 과연 도움이 될까, 하고."

 "그 도움 안 되는 선배한테 뒈지고 싶냐?"

 "할 수 있으면 해 보든가요."

 늘 이어지는 말싸움이 재차 시작되려는 찰나, 아렌트가 화제를 돌렸다.

"한가하시면 협조 좀 하시죠? 별로 힘든 일은 아닌데."
"뭐?"

* * *

느긋하게 황궁을 나선 견습 기사가 향한 곳은 당연히 노이만 상단 본점이었다. 거기 3층에는 노이만 외에도 반가운 손님이 한 명 더 있었다.

"아렌트 경! 오랜만에 뵙습니다."

자리에 앉아 있던 슈타들러 백작이 반색하며 벌떡 몸을 일으켰다. 아렌트는 그의 맞은편 자리에 앉으며 가볍게 인사를 건넸다.

"안색이 좋으시네요, 백작님."

"다 아렌트 경 덕분이죠."

슈타들러 백작이 그림자 없는 얼굴로 싱글벙글 웃었다.

표정이 좋을 수밖에.

그는 광산 근처에 아주 번듯한 연구실을 가지게 되었다. 칸타레스가 연구 지원을 아낌없이 해 주겠다는 약속을 지킨 것이다. 게다가 마정석 광산 건으로 노이만 상단주와도 좋은 관계를 유지 중이었다.

상단의 이름으로 의뢰받는 연구와 황태자가 부탁하는

연구, 그리고 이따금 황실 마법사와 협력까지 하니, 일 중독자인 그에게는 그곳이 천국과도 같을 것이다.

"아참, 아렌트 경께서 부탁하신 것도 준비해 왔습니다."

"그거 듣던 중 반가운 말씀이네요."

"책 같은 건 나중에 시종을 시켜서 생활관으로 보내 드리겠습니다. 그리고 이거."

슈타들러 백작이 테이블 위에 작은 가죽 주머니를 올려놓았다.

"아무래도 말씀하신 기준에는 못 미칠 것 같아 마정석을 이용해 위력을 좀 더 높였습니다."

"감사합니다. 돈은 나중에 시종 통해서 보내 드릴게요."

백작이 속삭이듯 빠르게 말을 마치고 아렌트가 담백하게 고개를 끄덕이는 것과 동시에, 잠깐 나가 차를 가지고 오던 노이만 상단주가 웃으며 말을 걸었다.

"무슨 비밀 이야기를 하십니까?"

"기밀 사항입니다."

백작이 어색하게 미소 지었고, 아렌트가 뻔뻔하게 대답했다.

노이만 역시 딱히 답을 기대한 건 아닌지 피식 웃고는 자신의 자리에 앉았다.

"도박장 건으로 기사단은 한창 정신없을 것 같은데, 이렇게 자주 외출하셔도 괜찮으십니까?"

"일개 견습 기사니까 뭐 어때요. 저 원래 불량합니다."

아렌트의 천연덕스러운 대꾸에 두 사람이 웃음을 터뜨렸다.

"그러면 불량 기사와 작당을 본격적으로 해 볼까요. 새로운 사업 이야기 말입니다."

"하하…… 저는 이런 일은 영 익숙하지 않지만, 어쨌든 잘 부탁드립니다."

너스레를 떠는 노이만과 늘 그렇듯 어색한 미소를 짓는 슈타들러 백작의 시선이 허공에서 마주쳤다.

'물드셨군.'

저 맹랑한 견습 기사에게.

두 사람은 피식 웃음을 터뜨렸다.

눈동자에 깃든 명백한 기대감과 장난기를 알아본 탓이었다.

* * *

정보상 사업에 슈타들러 백작을 끌어들이자는 것 역시 아렌트의 의견이었다.

사업에 대해 논의하던 중 아렌트가 먼저 운을 뗐다.

"구두로 전해지는 이야기는 변별력이 떨어지는 면이 있어요. 서류에도 가짜 정보가 얼마든지 섞여 들 수 있고요."

이전의 세상에서야 넘치는 게 동영상이지만 이곳은 아니었다.

그런 개념조차 없는 세상에서, 정보를 다룰 때 해당 장면을 고스란히 남겨 둘 수 있는 수단이 있다면 당연히 그건 큰 이득으로 작용할 터였다.

그리고 아렌트는 없는 걸 만들어 낼 수 있는 천재 한 명과 잘 아는 사이였다.

그게 바로 슈타들러 백작이었다.

"노이만 상단주님과 아렌트 경의 말씀대로 한번 제작해 봤습니다. 영상과 음성을 담을 수 있는 물건입니다."

슈타들러 백작은 테이블 위에 새하얀 큐브 하나를 올려 주었다.

"통신용 수정구와 비슷한 원리이지만, 수정구처럼 소통하는 것은 불가능합니다. 마정석 광산에서 나온 암석으로 제작했는데 한번 시험해 보세요."

"호오."

호기심이 동했는지 노이만 상단주가 눈을 반짝이며 큐브를 집어 들어 이리저리 살폈다. 암석을 깎아 만든 하얀 표면에 작은 마정석 조각이 박혀 있었다.

"이건……."

"마력을 다룰 줄 모르는 사람도 사용할 수 있도록 하는 것이 좋을 것 같아서요. 질이 안 좋은 마정석을 작게 조각내서 설치해 봤습니다. 통신을 주고받는 게 아니라 그 정도로도 충분히 작동하더군요."

슈타들러 백작이 신바람이 나서 설명했다.

"물론 단가가 엄청나게 올라가긴 했지만, 노이만 상단주님이라면 충분히 감당 가능하실 겁니다."

노이만 상단주의 표정이 조금 미묘해졌다. 아무리 질이 안 좋은 마정석 조각이라 하더라도 비싼 건 비싼 거였다.

"끄응, 감당이야 가능하겠지만⋯⋯ 사용하게 된다면 지니고 다니게 될 직원들에게는 충분히 주의를 줘야겠습니다."

떨떠름하게 말하며 노이만이 큐브를 발동했다. 그러자 새하얀 표면이 은은하게 빛나더니 곧 허공에 사각형의 영상이 하나 둥실, 떠올랐다.

"오오⋯⋯!"

상단주 입에서 탄성이 터져 나왔다.

푸르스름한 영상이 비추는 것은 슈타들러 백작의 연구실 근처 전경이었다.

- 이제 잘 되는 것 같군.

- 백작님, 굉장하십니다!

녹음된 슈타들러 백작과 젊은 여성의 들뜬 목소리가 흘러나왔다.

아렌트가 물었.

호기심은 고양이를⋯⋯ 〈177〉

"이 목소리는 조수예요?"

"예. 노이만 상단주님이 소개해 준 친구지요. 큰 도움을 받고 있습니다."

백작이 뿌듯하게 웃으며 말했다.

노이만 점장은 큐브의 성능을 확인하느라 정신없었다. 이리 살피고, 저리 살피는 동안 영상은 곧 사라졌다.

노이만이 감탄을 터뜨렸다.

"이거 괜찮군요. 아렌트 경 말대로 이런 게 있다면 정보의 질은 확실히 올라갈 겁니다."

"하지만 몇 가지 문제가 있습니다. 실험해 본 결과 담아낼 수 있는 길이가 한정적이고, 작동도 네 번이 한계였습니다. 더 크고 질 좋은 마정석을 사용하면 되는 일이지만, 그렇게 되면 상용화는 못 할 테니까요."

마정석은 초고가의 물건이니까.

노이만 상단주도 납득하고 고개를 끄덕였다.

"그렇다면 이건 최상급의 정보를 다룰 때만 사용하는 게 좋겠군요."

"앞으로도 개선할 수 있을 만큼 해 보겠습니다. 아 참, 우리 연구실에서는 기록 저장석이라고 부르기로 했습니다."

노이만이 흡족하게 고개를 끄덕이자 슈타들러 백작이 뿌듯하게 대답했다.

백작은 황태자에게도 보여 주라며 기록 저장석을 두 개 쥐여 주었다.

 식사까지 마치고 술을 한잔하겠다는 슈타들러 백작과 노이만과 작별한 뒤, 아렌트는 홀로 황궁으로의 복귀길에 올랐다.

 해 질 녘쯤에 황궁에서 나섰는데, 어느새 주변은 어둠에 완전히 잠겨 있었다.

 느긋하게 걸음을 옮기며 슈타들러 백작에게 건네받은 작은 가죽 주머니를 열자, 은색으로 반짝이는 팔찌가 안에서 모습을 드러냈다.

 "……."

 설마 일부러 이러는 건 아니겠지.

 아렌트는 조금 찜찜한 표정을 지었다.

 비슷하게 생긴 팔찌에 목숨을 담보로 잡히고 개고생했던 게 고작 얼마 전이라, 썩 유쾌한 디자인은 아니었다.

 군데군데 잘 세공된 마정석이 꼭 평범한 보랏빛 보석처럼 박혀 있다는 게, 그 즉결 처분용 팔찌와 이것을 구분할 수 있는 유일한 차이점이었다.

 쓴 추억을 곱씹으며 아렌트는 팔찌를 착용했다.

 '슬슬 입질이 올 때가 됐는데.'

 지금까지 라이오스가 벌인 수사는 제법 유의미한 성과를 거두었다. 숱한 도박장과 암시장, 거래소를 뒤집은 결과 그중 몇몇이 '레베카' 소유임으로 확인되었으니까.

하지만 딱 거기까지였다.

이름 이외의 단서는 아무것도 나오지 않았다. 심지어 체포한 관리자나 직원들도 그녀의 실체는 제대로 파악하지 못한 눈치였다.

그녀는 거래에 나설 때면 항상 대리인을 내세웠다. 찾아오는 사람도 늘 달랐고, 매번 필요한 용건만 처리하고서 사라질 뿐이라 그녀를 실제로 만나 본 사람은 아무도 없었다.

하지만 그녀의 사업 지침만은 관리자들 모두가 확실히 머리에 새겨 두고 있었다.

배신하면 죽는다, 실수해도 죽는다.

이번 일로 감옥에 처박힌 관리자들의 공통된 증언이었다.

실제로 레베카가 부리는 살수 집단에게 지금까지 몇 명이나 그렇게 죽어 나갔다고, 겁에 질린 죄인들이 입을 모아 이야기했다.

발견된 시신은 마치 경고라도 남기듯 아주 처참한 모습이었다고 한다.

하지만 지금은 다들 황궁에 잡혀 들어갔으니 손을 쓸 방법이 없었을 거다.

그렇다고 해서 가만히 있기에는 자존심이 상할 테니,

견습 기사인 아렌트에게 협박장을 보내는 좀스러운 짓거리를 한 것일 터.

하지만 그 협박장은 오히려 역효과를 가져오고 말았으니 슬슬 머리끝까지 화가 났을 게 분명했다.

'속이 꽤 긁혔을 텐데.'

생각에 빠진 아렌트의 걸음이 조금 느려졌다.

소설에 묘사됐던 그녀의 '캐릭터'상, 이 정도 당했으면…….

"그렇지."

아렌트의 입가에 옅은 미소가 걸렸다.

주변은 고요했다.

생각에 빠진 사이 어느새 인적이 드문 곳까지 다다른 것 같았다. 담장 몇 개만 넘어가면 바로 왁자지껄한 번화가였다.

제국의 융성한 황성은 이 늦은 시간에도 제 화려함을 뽐냈다.

하지만 지금 양발을 딛고 선 자리는 그저 진득한 어둠이 고인 골목이었다.

차가운 별과 달만이 세상을 굽어보는.

빛과 대비되는 어둠의 구역.

그야말로 악역이 등장하기에 최적의 무대였다.

등 뒤에서 쇄도하는 기척에 아렌트는 반사적으로 검을

뽑았다.

채애앵!

미처 상대를 두 눈으로 확인할 틈도 없이 육중한 힘이 검을 강하게 짓눌렀다.

굳이 버티지 않고 몸을 뒤로 튕겨 내자 급습해 온 상대방 역시 거리를 벌렸다.

태산 같은 체구의 암살자가 달빛을 등진 채 우뚝 서 있었다.

푹 뒤집어쓴 후드 때문에 얼굴은 제대로 보이지 않았지만, 긴 망토 아래로 드러난 굵은 정강이와 두꺼운 어깨는 가려지지 않은 채였다.

평범한 인간의 목 정도는 한 손으로 부러뜨릴 수 있을 것처럼 커다란 손에 들린 커다란 곡도가 섬뜩한 빛을 냈다.

"마치 기다렸다는 것처럼 구는군."

"너무 뻔한 타이밍에 나타난 게 그쪽 아니고?"

아렌트가 피식 비웃음을 터뜨리자 어둠 속에서 번뜩이는 살수의 눈동자가 노골적인 적의를 담아냈다.

으르렁, 목울대를 긁은 그가 다시 아렌트를 향해 달려들었다.

거대한 체격에 맞지 않는 속도였다.

가까스로 뒤로 도약해 그와 거리를 벌렸지만, 검 끝에

스친 제복 앞섶이 베이는 것만은 피하지 못했다.

그 순간에도 적은 성큼성큼 거리를 좁혀 오고 있었다.

찢어진 옷을 힐끗 확인한 아렌트는 차분하게 남자와의 거리를 쟀다.

"고작 견습 기사 하나 없애겠다고 그쪽을 보내다니, 당신 주인 너무 좀생이 아냐?"

"경고는 이미 했다. 그걸 무시한 건 그쪽일 텐데."

도발하는 말에도 적은 한 치의 흔들림도 없었다. 그에게서는 단지 명령에 따라 적을 말살하겠다는 의지만 느껴졌다.

하지만 아렌트는 저 평정심을 확실하게 깰 방법을 알고 있었다.

"내가 전에 멀린한테 똑같은 말을 했는데. 적을 만드는 장사를 하려면 몇 대쯤 얻어맞을 각오 정도는 했어야지…… 워렌 씨, 당신은 그렇게 생각하지 않아?"

"……!"

다음 순간, 적이 지면을 박차고 빠르게 쇄도해 왔다.

눈 깜짝할 사이에 코앞까지 닥쳐온 검은 아슬아슬하게 스쳐 가 아렌트의 등 뒤에 있던 담벼락을 그대로 박살 냈다.

숨 돌릴 틈도 없이 다음 공격이 머리 위로 떨어졌다.

콰아앙!

몸을 날려 피한 것과 동시에 방금까지 서 있던 지면에 커다란 구덩이가 생겼다.

모골이 송연해지는 광경이었다.

평소 라이오스와의 대련에 익숙해지지 않았더라면 벌써 고깃덩어리가 되고도 남았을 위력이었다.

지금까지는 사냥감을 감흥 없이 보는 것 같던 적, 워렌의 기세가 순식간에 변했다. 노골적인 적대감과 살기가 손끝을 저릿하게 만들 지경이었다.

"내 이름을 어떻게 아는 거냐."

"뒷조사 좀 했지."

사서 고생하는 취미가 있는 건 아니었지만, 어쩔 수 없었다.

무대에 오른 이상 최선을 다할 수밖에.

"살수 집단이라…… 기껏해야 잘 키운 야수 한 마리일 뿐인데. 심지어 목줄까지 차고서 사냥감이나 물어 죽이는 꼴이 제법 볼만해."

로브 속의 낯이 차차 일그러졌다.

"입을 그리 놀려 대는 것을 보니 맞서 싸울 배짱은 있는 모양이지."

"아니, 튈 건데."

"뭐?"

예상치 못한 대답에 워렌에게서 얼빠진 소리가 튀어나

왔다.

하지만 아렌트는 자신의 선언을 그대로 실천했다. 몸을 빙글 돌려 전력으로 도망치기 시작한 것이다.

멍하니 멀어지는 뒷모습을 보던 워렌이 으득, 이를 악물었다.

"살려 보내지 않는다."

그는 순식간에 거리를 좁혀 왔다.

뒤에서 쇄도하는 기척에 아렌트가 기함을 터뜨렸다.

"미친, 뭐가 저렇게 빨라?"

욕설을 짓씹기 무섭게, 워렌이 지면을 강하게 박차고 도약했다.

피할 수 없을 거란 직감에, 아렌트는 몸을 비틀어 공격을 받아 냈다.

카아앙!

순간 호흡하는 것조차 잊어버릴 정도로 육중한 충격이 온몸을 뒤흔들었다. 이를 악물고 버텨 낸 아렌트는 곧장 아티팩트를 발동했다.

폭발적인 냉기가 주변을 휘감으며 워렌의 검과 손까지 새하얗게 얼어붙기 시작했다.

"……역시, 서리 어린 손길이로군."

그 짧은 읊조림을 놓치지 않은 아렌트의 눈썹이 살짝 구겨졌다. 하지만 표정을 갈무리하고 재빨리 도망치기 시작했다.

 워렌은 점점 멀어지는 그를 노려보다 이내 제 손으로 시선을 옮겼다.

 얼어붙은 주먹을 억지로 움직이자, 우두둑 하는 소리를 내며 굳어 버린 근육이 비명을 질렀다.

 '어째서 내 이름을 알지?'

 그의 존재를 아는 자는 레베카가 직접 부리는 수하들뿐이었다. 이번에 잡혀 들어간 말단 놈들에게서 정보가 흘러 나갔을 리는 없을 텐데.

 "편히 보내 줄 수는 없겠군."

 그것은 붙잡아서 죽이기 직전 물어 보면 알게 될 터. 저 가느다란 팔을 비틀어 찢어 버리면 실토할 마음이 들 것이다.

 워렌은 곧장 추격을 시작했다.

* * *

 '레베카가 벌써 저쪽 편에 붙은 건가.'

 숨이 턱까지 차오른 상태에서도 아렌트는 달리는 것을 멈추지 않았다.

 이건 또 예상치 못한 상황이었다.

 물론 그녀가 이미 부서진 심장에 합류했을 가능성도 염

두에 두긴 했지만.

설마 지금 시점의 워렌이 서리 어린 손길을 언급할 줄은.

'그냥 놈들의 자금줄 중 하나인 줄 알았더니.'

아티팩트는 놈들 중에서도 핵심만이 공유하는 정보일 터.

이것으로 그녀가 악신, 체르니온을 따르는 신자일 확률이 높아졌다.

"어디까지 도망칠 생각이지?"

등 뒤에서 싸늘한 목소리가 들려오나 싶더니, 무자비한 공격이 쇄도했다.

"……!"

가까스로 검을 치켜들어 막아 내는 데는 성공했지만, 그 대가로 아렌트는 꼴사납게 바닥을 구를 수밖에 없었다.

콰아앙!

워렌의 곡도가 담벼락에 처박히자, 마치 폭발이라도 일어난 것처럼 파편이 사방으로 날리며 먼지가 자욱하게 일었다.

아렌트는 간신히 상체를 일으켜 세웠다.

"와……."

온몸이 아팠다.

고작 몇 번 맞부딪힌 걸로 모든 기력을 다 소진해 버린 것 같았다.

"더 이상 도망칠 곳은 없다."

그의 말대로, 어느새 두 사람은 막다른 골목까지 다다라 있었다.

달빛이라도 조금 있으면 좋으련만, 오늘따라 밤하늘은 그저 새카맣기만 했다. 몸을 뒤로 돌리자 전혀 지친 기색이 없는 워렌이 천천히 이쪽으로 접근해 오는 게 보였다.

마치 도망칠 곳 없는 장소까지 몰아넣은 사냥감을 대하는 야수와도 같은 모습이었다.

쯧, 혀를 차곤 주춤 뒤로 물러나려던 아렌트는 등 뒤가 벽으로 막혔다는 사실을 깨달았다.

담을 타 넘고 도망칠 수도 있을 테지만, 이 정도 거리에서는 뒤를 돌아보는 순간 워렌이 달려들어 갈가리 찢어 버릴 게 뻔했다.

아렌트는 검을 꽉 쥐었다가, 곧 몸에서 힘을 뺐다.

"……포기한 건가."

"아니, 그럴 리가."

그 짤막한 대꾸가 떨어지자마자, 워렌은 자기 뒤쪽에서 달려드는 적을 감지했다.

"이 개자식이 진짜!"

다음 순간, 뒤쪽에서 불쑥 튀어나온 검이 워렌의 로브

자락을 찢어 냈다. 워렌은 잠깐 주춤했지만, 곧 정신을 차리고 침착하게 응수했다.

카아앙!

워렌의 공격을 튕겨 낸 아서는 아렌트 앞에 버티고 섰다. 갑작스럽게 난입해 온 인물에 워렌은 잠시 할 말을 잃어버린 것 같았다.

그런 워렌을 노려보면서도 아서는 욕을 퍼붓는 것을 멈추지 않았다.

"진짜 죽고 싶어서 환장했냐, 너? 협조해 달라는 게 이거였냐고."

"혹시나 해서. 빚 갚을 기회도 생기고 좋잖아요."

보자마자 욕설을 퍼붓는 선배에게 대꾸한 아렌트는 터진 입술의 피를 대충 닦아 냈다.

외출 전 아서에게 남긴 부탁은 별거 없었다. 해가 진 뒤로도 자신이 돌아오지 않는다면 이 근처를 어슬렁거려 달라, 정도였으니.

"하여튼 말싸움은 나중에 하고. 저놈 뭔데?"

"레베카가 보낸 암살자요."

"방법은 있고?"

당연하다는 듯 물어 오는 아서의 말에 아렌트가 씨익, 웃었다.

"물론이죠."

"하여튼 속 시커먼 새끼."

워렌은 찢어진 옷자락을 힐끔 보더니 그대로 로브를 벗어 던져 버렸다.

희뿌연 달빛 아래에 워렌의 거대한 체구가 고스란히 드러났다. 조용한 분노를 담은 새파란 눈동자와 유난히도 짙은 이목구비가 야수 같은 분위기를 풍겼다.

"뭐야. 제국 사람이 아냐?"

"인간 아니니까 조심하세요."

아서의 놀란 목소리에 아렌트가 짧게 경고했다.

그에 화답하듯 워렌이 낮은 울음소리를 냈다.

"얄팍한 수를."

검을 내동댕이친 그가 두 사람을 향해 똑바로 달려들었다.

아서는 칫, 혀를 차고는 검을 치켜들어 그의 공격을 막아 냈다.

채앵!

길게 뽑혀 나온 손톱이 검과 충돌하며 섬뜩한 예기를 뿜었다. 튀어나온 주둥이에서 짐승이 그르릉대는 소리가 흘러나왔다. 성난 팔뚝 근육을 뒤덮은 것은 뻣뻣한 짐승의 털이었다.

아서는 순간 상황도 잊고 경악했다.

"늑대?"

사납게 이빨을 드러낸 야수의 얼굴, 하늘로 솟은 귀와 전신을 뒤덮은 거친 털까지. 그것 말고는 지금 워렌의 모습을 설명할 수 없었다.

발톱이 솟은 팔이 하늘로 솟았다가 그대로 아서를 찢어 버릴 기세로 허공을 갈랐다. 하지만 등 뒤를 덮쳐 오는 냉기에 그 일격은 중간에 급히 방향을 틀 수밖에 없었다.

콰아앙!

두꺼운 가죽으로 뒤덮인 팔이 서리에 휩싸인 검을 막아냈다.

순식간에 한쪽 팔뚝이 얼어붙자 워렌의 얼굴이 일그러졌다. 하지만 동요도 잠시, 그는 몸에 힘을 줘 아서를 떨쳐 낸 뒤 주먹을 휘둘러 그대로 아렌트를 후려쳤다.

정면으로 얻어맞은 아렌트는 그대로 바닥을 꼴사납게 구를 수밖에 없었다.

워렌이 아렌트의 숨통을 노리고 달려드는 찰나, 한발 먼저 움직인 아서가 앞을 막아섰다.

채애앵!

발톱과 검이 정면으로 부딪치며 불꽃이 튀었다.

상상을 초월하는 힘에 아서는 저도 모르게 신음을 흘렸다.

어떻게든 버티고는 있었지만, 얼마 지나지 않아 팔이 후들후들 떨리기 시작했다.

아서가 이를 악물고 적의 검을 흘려 내자마자 아렌트가

교대하듯 끼어들어 검을 내질렀다. 하지만 그 공격 역시 허무할 정도로 간단하게 막혔다.

한밤중의 공방이 한참이나 이어졌다.

아서가 밀려난 자리를 아렌트가 채우고, 아렌트가 나가떨어지면 다시 아서가 앞을 막아서는 방식이었다.

시간이 흐를수록 워렌은 점점 초조해졌다. 레베카가 정해 준 복귀 시간이 점점 다가오고 있었다.

"젠장, 방해하지 마라!"

결국 그는 길게 포효하며 아서를 그대로 내동댕이쳐 버렸다.

나가떨어진 아서가 바닥에 처박혀 정신을 차리지 못하는 사이, 워렌은 무방비가 된 아렌트를 향해 달려들었다.

'됐다.'

아렌트 역시 더 이상 피하지 않고 워렌을 향해 땅을 박찼다.

짙은 어둠을 담은 발톱이 아렌트의 어깨에 깊숙이 박혔다. 그것과 동시에 검을 아예 놓아 버린 아렌트는 워렌의 두꺼운 목을 틀어쥐고 마력을 있는 힘껏 끌어올렸다.

파직!

전기가 튀는 소리와 함께 새하얀 빛줄기가 터져 나오고, 짐승의 애처로운 비명이 밤하늘을 찢었다.

"깨애애앵!"

갑작스러운 빛에 저도 모르게 눈을 질끈 감았던 아서가 다시 고개를 들었을 때는, 이미 상황이 끝난 뒤였다.

위태롭게 선 아렌트가 바닥에 축 늘어진 거대한 늑대를 앞에 두고 천천히 숨을 고르고 있었다. 마치 그의 주변에만 겨울이 찾아온 것처럼 새하얀 서리가 근처에 소복이 앉아 있었다.

크게 찢어진 어깨에서 쏟아진 피가 바닥에 닿자마자 얼어붙었다.

멍하니 그 모습을 보고만 있던 아서가 퍼뜩 정신을 차리고 그에게 다가갔다.

"야, 괜찮냐?"

"안 괜찮습니다. 뒈질 뻔했네, 진짜."

창백해진 얼굴로 투덜거린 아렌트는 그제야 살얼음에 뒤덮인 바닥에 주저앉았다.

그의 곁으로 다가가자 계절과 맞지 않는 냉기가 훅 끼쳐 왔다. 난투를 벌이던 현장은 온통 싸늘한 얼음투성이였다.

특히나 늑대는 혹한의 겨울 산에서 파낸 것처럼 완전히 얼어붙은 채였다.

뻣뻣하게 굳은 늑대의 털에 새하얀 서리가 앉은 것을 본 아서가 꺼림칙하게 물었다.

"죽었어?"

"아니요, 갑자기 체온이 떨어진 바람에 시체 비슷한 상태겠지만……."

천천히 숨을 고르며 아렌트가 대답했다.

"방금 뭐야? 그 빛은."

"결계입니다. 아주 강한 항마 결계라서 이종족을 잠깐이나마 무력화시킬 수 있어요."

마침 오늘 슈타들러 백작에게서 팔찌를 건네받지 않았더라면 정말 산 채로 찢길 뻔했다.

결계가 발동하자마자 워렌은 자신의 가장 취약한 모습, 즉 본체의 모습을 드러내고 말았다. 그 틈을 놓치지 않고 아렌트는 서리 어린 손길을 발동해 놈을 완전히 얼려 버린 거였다.

"웨어울프지? 이거. 하지만 웨어울프는 영역 밖으로 잘 안 나오는 거 아냐? 왜 레베카란 여자의 개를 자처하는 건데?"

"글쎄요, 그건 본인한테 물어봐야죠."

아렌트가 손을 내밀자 아서는 그를 붙잡고 일으켜 주었다. 휘청거리면서도 어떻게든 중심을 잡는 그를 보며 아서가 쯧 혀를 찼다.

"걸어갈 수 있냐?"

"왜요. 못 걸으면 업어 주기라도 하게요?"

"주둥이 놀리는 거 보니 멀쩡하네."

짜증스럽게 쏘아붙인 아서는 벅벅 제 머리를 헝클었다.
"일단은 돌아가자. 너, 단장님 앞에서 똑바로 설명해."
대답 대신 아렌트는 멀쩡한 쪽의 어깨만 으쓱해 보였다.

* * *

두 사람이 엉망이 된 몰골로, 심지어는 거대한 늑대 한 마리까지 질질 끌며 복귀하자 당연히 생활관은 발칵 뒤집어졌다.
"웨어울프입니다. 이대로 두면 동사할걸요. 어디 따뜻한 물에라도 던져 버려요."
게다가 태연하게 이딴 말이나 지껄이는 아렌트의 한쪽 팔은 끊어질 기세로 너덜대고 있으니 기사들은 할 말을 잃어버릴 수밖에 없었다.
기사들의 손에 워렌이 끌려 나간 뒤, 아렌트와 아서 역시 라이오스의 집무실로 잡혀 들어갔다.
"도대체 무슨 짓을 하면 이런 꼴이 되어서 돌아오는 거지?"
치료사나 신관을 부를 수도 없는 늦은 시간, 이번에도 응급 처치를 떠맡은 리히트가 신경질적으로 붕대를 감아 줬다.
"아악, 아파요!"
"아픈 줄은 아냐? 알아?"

덩달아 이곳저곳 반창고투성이가 된 아서가 꽥 소리를 질렀다.

"넌 무슨 목숨 줄이 다섯 개는 돼? 내가 안 나갔으면 어쩌려고 그랬어?"

"그래서 나와 달라고 했잖습니까. 안 나왔으면 선배 원망하면서 귀신 됐겠죠, 뭐. 아니면 저쪽에 붙는 것도 방법이니까요. 견습 기사 녹봉보다 많이 준다면야……."

구시렁대던 아렌트는 결국 리히트에게 뒤통수를 한 대 얻어맞고 나서야 조용해졌다.

옥신각신하는 부하들을 심란하게 바라보던 라이오스가 짧게 한숨을 내쉬었다.

"내일 날이 밝자마자 제대로 치료받도록. 그래서, 레베카가 보낸 암살자라고?"

"네. 암살자라고 해야 하나, 뒤처리꾼이라고 해야 하나…… 어쨌든 관리자들이 입을 모아 말한 그 살수 집단의 정체가 바로 저놈이에요."

아렌트가 뚱하니 대꾸하자 아서가 인상을 찌푸렸다.

"그래서, 이놈이 왜 레베카란 사람 아래에 있냐고."

"그것까지 제가 어떻게 알아요? 심문하든 고문하든 캐보면 알겠죠."

"아렌트."

다시 두 사람이 말다툼을 시작할 낌새가 보이자 라이오

스가 재빨리 끼어들었다.

"웨어울프가 습격해 올 걸 예상했나?"

"설마요."

습관처럼 어깨를 으쓱하려던 아렌트는 잠깐 잊고 있던 통증에 소리 없이 비명을 질렀다.

팔을 감싸 쥐고 파들파들 떠는 그에게 한심하다는 시선이 쏟아졌다.

"저 멍청이."

"……어떤 형태로든 공격받을 거야 뭐, 어느 정도 예상했습니다."

작게 중얼거리는 아서를 한번 흘겨본 아렌트는 간신히 다시 말을 이었다.

"덮쳐 온 놈을 붙잡으면 이런저런 정보를 캐낼 수 있을 테니까 일부러 이곳저곳 쏘다닌 것도 맞고요. 그래도 설마 저런 괴물이 올 줄은 몰랐습니다."

"아까 그 결계 어쩌고 하는 물건은?"

"최근에 황태자 전하와 대화하다 이종족 건으로 화제가 된 적이 있어서요. 슈타들러 백작님께 시험 삼아 제작을 부탁드린 것뿐입니다."

아서의 물음에도 막힘없이 대꾸한 아렌트는 자신을 바라보는 세 사람을 마주 보며 인상을 구겼다.

"뭡니까, 그 눈빛은. 뭐 불만 있어요?"

"없겠냐, 그럼?"

선배와 단장을 대신해 아서가 타박을 놓았다.

그들이 떨떠름한 시선을 보내오는 것도 당연한 일이었다. 자신이 생각해도 방금 내놓은 변명은 허점투성이였으니까.

아렌트는 더 길게 말이 나오기 전 화제를 돌려 버렸다.

"그건 그렇고, 싸우다가 제법 괜찮은 정보를 알아냈어요."

"……뭐지?"

그 속셈을 뻔히 알면서도 라이오스는 그에 어울려 줄 수밖에 없었다.

"그 레베카란 여자, 놈들이랑 한패인 것 같습니다."

"놈들?"

"부서진 심장의 검이요."

아렌트의 짤막한 대꾸에 세 사람의 얼굴이 딱딱하게 굳었다.

"이런 망할······."

아서의 한마디가 단장과 리히트의 심정을 대변해 주는 듯했다.

5장. 마녀와 야수

마녀와 야수

"근거는?"

제일 먼저 정신을 차린 사람은 다름 아닌 라이오스였다.

회복 포션을 단숨에 들이켠 아렌트가 장갑을 낀 제 손을 들어 보였다.

"이걸 알아보던데요. 심지어 이름도 정확하게 알고 있었어요."

"으음……."

"정말 그렇다면, 놈들이 굳이 아렌트를 표적으로 삼은 까닭도 어느 정도 설명이 됩니다."

라이오스가 복잡한 신음을 흘리자 리히트가 입을 열었다.

"지금 이 시기라면, 단지 도박장에서 호되게 당한 원한을 푼 것이라고 여겨질 테니까요."

"실제로 우리는 그렇게 생각하고 있었죠."

어쩌면 저들의 진짜 목적은 아렌트를 처리하고 아티팩트를 회수하는 데 있었을지도 모를 일이었다.

"지금껏 해 먹은 게 좀 많긴 했죠. 대놓고 뒤통수도 몇 번 후려쳤고."

"남 일처럼 말하지 마."

아렌트가 태평하게 내뱉는 소리에 아서가 사납게 쏘아붙였다.

이스트 금고 건부터, 마정석 광산과, 아티팩트 '식지 않는 심장'을 빼돌리고 빈센트를 직접 죽인 일까지. 황실 기사단이 나선 일이라고는 하지만, 대부분 아렌트의 손을 직접 거친 일이었다.

묘한 일이었다.

기사단을 배신했다는 죄로 사형 직전까지 몰렸던 녀석이 지금은 같은 이유로 적들에게 목숨이 노려지고 있다니.

라이오스의 얼굴이 딱딱하게 굳었다.

"방비를 해야겠군."

"그래도 제법 괜찮은 게 손에 들어왔잖아요."

"괜찮은 거? 설마 그 웨어울프 말이야?"

아렌트가 고개를 까닥이며 아무렇지도 않게 말하자 아서가 눈썹을 찌푸렸다.

"생포한 건 잘된 일이지만…… 그놈이 쉽게 입을 열겠냐? 그 여자가 시키는 어떠한 지저분한 일도 마다 않는 충견이라면서."

"글쎄요, 사람 사정은 또 모를 일이잖아요."

여전히 의뭉스럽기만 한 대답이 돌아왔다.

이번에는 라이오스가 물었다.

"뭐 걸리는 거라도 있나?"

"조금? 뭐, 시간이 지나면 알게 될 겁니다. 어찌 됐든 이 귀한 얼굴에 흠집 낸 값은 치르게 해 줘야죠."

"……."

번들거리는 황금색 눈동자에 은은한 광기가 보였다.

저거 진심이다. 분명히 진심이다.

짚이는 부분이 뭔지, 뭘 알게 된다는 건지 캐물을 마음조차 들지 않았다.

하긴, 지금껏 저놈을 건들었다가 좋은 꼴을 본 사람은 아무도 없었다. 악신교와 한패든, 숱한 사업을 손에 쥔 재력가든, 황궁을 뒤흔들 수 있는 권력자든.

심지어는 황태자조차도 매번 저놈의 세 치 혀에 말려들어 이마를 부여잡는 처지니까.

"하아아……."

아서와 리히트가 누가 먼저랄 것 없이 한숨을 푹 내쉬었다. 라이오스 역시 위가 쿡쿡 쑤셔 오는 느낌에 이마를 짚었다.

피를 줄줄 쏟고 마력이 바닥나 얼굴이 새하얗게 질린 주제에 아직도 저런 말을 지껄여 대는 정신머리가 한편으로는 감탄스러울 지경이었다.

"……일단 가서 잠이나 자라."

라이오스가 한마디 했지만…… 저놈이 과연 얌전히 잠을 잘까? 싶은 셋이었다.

* * *

지독한 한기를 느끼며, 워렌은 눈을 떴다.

가장 먼저 흐린 시야에 들어온 것은 바로 앞에 놓인 화로였다. 기껏 사로잡은 포로가 동사하지 않도록 가져다 둔 모양이었다.

단단히 결박당한 몸은 꼼짝도 하지 않았다. 평범한 인간용 구속구로는 감당할 수 없을 거라고 여긴 건지 팔다리가 의자에 쇠사슬로 칭칭 매여 있었다.

"고작 견습 기사한테 두들겨 맞았다고 반나절을 꼬박 뻗어 있다니. 웨어울프라는 놈이 꼴이 말이 아니군."

그때, 코앞에서 빈정거리는 목소리가 들려왔다.

퍼뜩 고개를 들자, 창살 바깥에 의자 하나를 가져다 두고 앉아 있는 은발의 기사와 눈이 마주쳤다.

기사 역시 전투의 여파가 채 가시지 않았는지 이곳저곳이 온통 붕대투성이였다. 특히나 크게 상한 한쪽 팔은 움직이지 못하도록 단단히 고정된 채였다.

그제야 서서히 현실감이 돌아왔다.

자신은 레베카의 명령을 받아 저 어린 견습 기사를 죽이려 했고, 보기 좋게 실패했다.

"……왜 죽이지 않았지?"

"기껏 붙잡았는데 쉽게 보내 줄 리가. 우리는 이야기해야 할 게 좀 있잖아, 늑대 아저씨."

의자에 몸을 편히 기대며 아렌트가 차갑게 말했다.

"단장 몰래 온 거라 나도 그렇게 여유롭지는 않거든. 그러니까 괜히 시간 끌지 말고 용건만 간단하게 하자고."

"……."

입을 꾹 다물고 있던 워렌이 곧 자조적인 웃음을 터뜨렸다.

"역시 함정이었군. 나를 도발해 도망치는 널 추격하게 만들고, 동료가 기다리던 곳까지 유인했어. 그 묘한 물건도…… 마력을 제압하는 물건이었나."

빛이 터져 나온 순간 변신이 풀려 버려 한낱 짐승의 모습이 되었을 때의 무력감을, 워렌은 똑똑하게 기억했다.

"늑대를 잡으려면 그 정도 준비는 해야지. 팔 하나쯤 내놓는 건 어쩔 수 없는 일이고."

아렌트가 피식 웃음을 터뜨렸다.

인간의 것보다는 늑대의 것에 더욱 가까운 워렌의 눈은 미동도 없이 그런 견습 기사를 고스란히 담아냈다.

"내가 졌다는 건 인정하지. 그러니까 빨리 죽여라. 날 살려 둬 봤자 얻어 낼 수 있는 건 없다. 고문을 해도 소용없다."

"누구 좋으라고. 집 지키는 번견 노릇이나 하면서 주는 고기나 실컷 받아먹고 살아온 주제에, 이제 와서 고고한 척하는 게 통할 거라고 생각해?"

철컹!

워렌의 몸이 크게 흔들리며 쇠사슬이 서로 부딪쳤다.

사납게 으르렁거리는 소리가 지하 감옥을 먹먹하게 울렸지만 아렌트는 미동조차 하지 않았다.

"입 안 열어도 상관없어. 어차피 저쪽으로 돌아가지도 못할 테니까, 여기에서 오래오래 사는 거야. 목줄이 매인 채로 남이 주는 썩은 고기나 얻어먹으면서."

"그 입 닥쳐라!"

두둑.

워렌의 힘을 가까스로 버텨 내는 쇠사슬이 위태로운 비명을 질렀다.

그가 지금 쇠약해진 상태가 아니었다면, 그리고 몇 겹이나 되는 쇠사슬에 포박당하지만 않았더라면 분명 당장 창살을 뚫고 아렌트의 목을 뜯어 버릴 기세였다.

살기등등한 눈을 가만히 관찰하던 아렌트가 피식, 비웃음을 터뜨렸다.

"레베카란 여자 손아귀에서 벗어나고 싶지?"

다음 순간 튀어나온 한마디에, 워렌의 움직임이 멈췄다.

"뭐라고?"

"레베카 욕을 해도 별다른 반응이 없었는데, 당신 이름을 입에 담자마자 흥분해서 덤벼들었잖아. 무기까지 내던져 가면서."

"……."

워렌은 상황도 잊어버리고 멍하니 눈을 깜빡였다. 잠시 멍해진 늑대 인간과 시선을 맞추며 아렌트가 천천히 말을 이었다.

"주인의 명예가 더럽혀지는 것보다 자기 자신의 이름이 알려지는 쪽을 더 두려워하는 것처럼 보였는데."

"……정말 제정신이 아니군."

입을 몇 번 달싹이던 워렌이 멍하니 중얼거렸.

아티팩트와 그 팔찌가 있었다고 한들, 동료 기사가 합류하기 전까지는 분명히 아렌트가 불리하던 상황이었다.

언제 목숨을 잃어도 이상하지 않은 판국에 적을 도발하고 반응을 살피다니. 침착하다는 말 정도로는 설명이 되지 않는 일이었다.

"내 아티팩트를 알아봤다는 건 분명히 그 악신교 놈들이랑 연관이 있을 텐데…… 신은커녕 제 목줄을 쥔 주인에게도 그다지 호의적이지 않은 것 같고."

고개를 살짝 기울인 아렌트가 무심히 내뱉었다.

"협박이라도 당하나 봐?"

워렌의 눈썹이 꿈틀, 움직였다.

그러거나 말거나 의자를 까닥까닥 기울이며 아렌트가 느긋하게 말을 이었다.

"남의 집 똥개 노릇은 잘도 해 왔으면서, 고작 인간에게 붙잡혔다고 차라리 죽이라며 목숨을 쉽게 포기해 버리다니…… 아주 충견이 따로 없어."

비웃음을 한껏 담은 청년의 목소리가 지하 감옥을 웅웅 울렸다.

"충견인 채로 죽고 싶다 하더라도, 나는 그 소박한 소원도 들어주고 싶은 생각이 없어. 난 좀 뒤끝이 긴 편이라."

잠깐 허공을 헤매던 황금색 눈동자가 데굴, 움직여 다시 워렌을 담아 냈다.

"죽여 달라고 하면 끝까지 숨통을 붙여 놓고 비참한 끝을 보게 만들어야지. 내가 그렇게 만들 거야."

감정의 파편조차 드러나지 않는, 지독히도 무표정한 낯이 워렌을 향했다.

"그러니까 마지막 기회야. 목적이 있다면 수단과 방법을 가리지 말아야지. 그래서 나도 지금 이렇게, 당신 앞에서 길게 지껄이는 거고."

"……."

"난 간다. 정식 심문 전까지 잘 생각해 보든가."

말을 마친 아렌트는 이내 몸을 일으켜 절뚝거리며 감옥에서 빠져나갔다.

쿠웅.

육중한 문이 닫히는 소리가 먹먹하게 울렸다.

혼자 남겨진 워렌은 멍하니 눈을 깜빡였다.

화로가 타닥타닥 타오르며 온기를 내뿜었지만 뼈가 시릴 정도의 한기는 여전했다. 그게 서리 어린 손길에 당한 탓인지, 아니면 저 어린 놈의 세 치 혀 때문인지는 구분하기 힘들었다.

"……죽을 수 없다고?"

아득한 중얼거림이 허공에 흩어졌다. 제 목소리에 약간의 떨림이 배어 나오는 것을 깨달은 워렌이 입술을 깨물었다.

놈은 분명 제안이라고 말했지만, 이건 틀림없는 협박이

었다.

 레베카가 두었던 수보다 더욱 악질의.

 지금껏 그녀의 명령이라면 무슨 짓이든 해 왔다. 그 어떤 더러운 짓도 서슴지 않았고, 양손에 피가 얼마나 묻든 전혀 상관하지 않았다.

 결코 짧지 않은 세월 동안 최선을 다해 그녀를 사랑하는 척해 왔다. 심지어는 레베카마저도 자신의 충성을 전혀 의심하지 않았는데…….

 '고작 검을 한 번 맞댔을 뿐인 애송이에게 간파당했다고?'

 어처구니가 없어서 말이 안 나올 지경이었다.

 첫 대면부터 자신의 이름을 입에 올린 것도 그렇고, 도대체 저놈이 어디까지 알고 있는지 감도 잡히지 않았다.

 "목적…….'

 그것을 위해서는 수단과 방법을 가리지 않는다고…… 분명히 그래 왔다. 웨어울프로서의 자존심마저 버리고 살아왔으니까.

 그런데 지금 자신의 꼴은 어떻지?

 우드득.

 쇠사슬에 얽매인 주먹에 힘이 들어갔다.

 이윽고, 늑대의 긴 울부짖음이 어둠 속을 쩌렁쩌렁 울렸다.

* * *

 문을 닫고 몇 걸음 떼기도 전, 등 뒤에서 짐승이 목 놓아 우는 소리가 들려왔다.
 "너무 긁었나."
 아무래도 저 반응을 보니 역린을 제대로 찾은 모양이었다.
 솔직히 반쯤은 도박하는 기분으로 내지른 거였다. 골목에서 그와 직접 대면하기 전까지, 아렌트 역시 그가 레베카의 충견일 뿐이라고 생각해 왔으니까.
 소설 '성검의 푸른 기사' 속 묘사도 그랬다.
 웨어울프 워렌은 라이오스에게 처단당하기 직전까지 레베카 뜻대로 움직였고, 결국…… 자신의 목숨마저 바치고 말았다.
 하지만 어설픈 연기는 어디에서든 티가 나는 법. 아렌트의 눈에 비친 그는 누군가의 충견보다는 분노에 찬 야수에 더 가까웠다.
 소설 속 모습이 다가 아니라는 건 이미 지난 경험으로 충분히 증명되었다. 그 이면을 끌어낼 수만 있다면 앞으로 이어질 무대에서 선택할 수 있는 배역의 폭이 좀 더 넓어질 터였다.

거절당한다면 어쩔 수 없겠지만, 잘만 하면 든든한 이종족 고기 방패를 손에 넣을 기회라고나 할까.

이대로 개죽음당하게 내버려 두긴 아까운 놈이니까.

뭐, 그러려면 아직 넘어야 할 산이 많긴 했지만.

"에이, 씨. 아파 죽겠네, 진짜."

그래도 뺨은 한 대 쳐 줄걸.

온몸이 아픈 와중에 굳이 여기까지 찾아와 수고를 들였으니, 어떻게든 소득이 있겠지.

아렌트는 미련 없이 생활관을 향해 몸을 돌렸다.

* * *

"표정 펴라."

"싫은데요."

아서가 툭 던진 말에 짜증 가득한 대꾸가 돌아왔다. 아직 소년티가 조금 남은 새하얀 얼굴에 짜증이 가득 드리워져 있었다.

잘생긴 얼굴에 심통이 난 까닭은 단순했다. 좀 쉬라고 병가를 내줬더니, 워렌이 갇힌 지하 감옥에서 빠져나오다가 라이오스에게 들킨 거였다.

결국 단장은 누구든 아렌트에게 달라붙어 감시하라는 명령을 내렸다.

그 결과가 바로 이거였다. 감시역으로 당첨된 아서와 함께 방 안에 반쯤 감금당하고 만 것이다.

해야 할 일이 태산인데…….

하릴없이 침대에 길게 드러누운 아렌트가 한숨을 푹, 내쉬자 아서가 놀리듯 말했다.

"그러게 누가 몰래 빠져나가랬냐? 넌 목숨이 아홉 개라도 돼? 검도 제대로 못 쥐는 놈이 졸랑졸랑 돌아다니다가 습격이라도 받으면 어쩌려고."

"쳇."

아마 두 개 정도는 되는 것 같긴 한데, 그런 말을 지껄일 수 없다는 게 조금 유감스러웠다.

"근데 거긴 왜 간 건데? 웨어울프가 깨어날 것 같다는 말에 바로 달려갔다면서."

"속 좀 긁어 줬습니다. 아무리 생각해도 얻어맞은 게 억울해서."

"그래, 어련하겠냐."

쯧, 혀를 찬 아서는 기대앉은 의자에 등을 푹 파묻었다.

"그나저나 어쩔 거야? 선배들이 슬슬 이상하게 본다고."

"실컷 쳐다보라고 해요. 이리 보고 저리 봐도 잘생겼는데 어쩔 수 없지."

"진짜 짜증 나네. 네 인생에는 거리낌이라는 단어가 없냐?"

"어쩌라고."

침대에 길게 드러누운 자세 그대로 고개조차 들지 않고, 아렌트가 건성으로 대꾸했다.

저놈은 환자다, 부상 중이다, 지금 때려 봤자 남는 건 하나도 없다…… 아서는 부들부들 떨리는 주먹을 애써 다잡았다.

기사들은 워렌이 꽁꽁 얼어붙은 상태로 옮겨진 것에 슬슬 의문을 품기 시작한 것 같았다.

함께 있던 아서가 잠자코 있으니 다들 뭐라 말은 하지 않았지만, 힐끔힐끔 쳐다보는 시선들에 호기심과 의구심이 동시에 흘러나오는 것은 어쩔 수 없는 일이었다.

아렌트가 지닌 아티팩트에 대해 제대로 아는 사람은 아직 단장들과 황태자, 그리고 아서와 리히트뿐인 상황이었다. 어쩔 수 없었다고는 해도 이런 식으로 드러나게 되는 건 바람직하지 않을 터였다.

아서가 조심스럽게 물었다.

"어쩔 거야. 둘러댈 거야?"

"글쎄요, 이제 와서 굳이 그럴 필요 있나 싶기도 하고."

하지만 본인은 그저 시큰둥할 뿐이었다.

답답함을 이기지 못한 아서가 눈살을 찌푸렸다.

"그러면 그냥 입 다물고 있겠다고?"

"뭐…… 굳이 해명하겠다고 나서는 쪽이 더 이상하잖아요. 선배들이 아무리 바보 같아도 그런 걸 동네방네 떠들고 다닐 정도로 멍청하지는 않을 테고."

서리 어린 손길을 비밀로 한 것은, 처음 이쪽 세계로 떨어졌을 당시 기사들과의 관계가 최악이었기 때문이었다.

하지만 지금은 사정이 좀 달라졌다. 반역죄는 이미 벗겨진 지 오래인 데다가, 이제는 황태자라는 든든한 뒷배가 생겼으니까.

적어도 아군에게 공격받을 일은 없을 것이다.

그런 속사정을 알 리 없는 아서가 와락 얼굴을 구겼다.

"선배한테 멍청하단 게 뭐야, 이 자식아. 어쨌든 조심 좀 해. 그러다가 진짜 골로 간다, 너."

"알겠다고요. 귀에 딱지 앉겠네."

"사람이 말하면 좀 제대로 들으라고!"

"네네~."

귀를 후비적대며 건성으로 대꾸하는 놈의 작태에 아서가 다시 한번 발광하려는 찰나.

똑똑.

누군가가 문을 두드렸다.

"아렌트, 있나?"

"오."

그 소리에 아렌트가 벌떡 몸을 일으켰다. 대답을 기다리지 않고 문을 연 리히트가 착잡한 얼굴로 말했다.

"……단장님이 부르신다."

"왜요?"

리히트는 곧장 대답하지 않고 심란한 눈으로 아렌트를 가만히 응시하기만 하다가…… 한참 만에 엉뚱한 질문을 던졌다.

"무슨 짓을 한 거지?"

"아서 선배랑 똑같은 질문을 하시네. 속만 좀 긁어 줬다니까요."

주어가 없는 물음이었지만 아렌트는 아무렇지도 않게 화답해 주었다. 전후 사정을 알지 못하는 아서만 어리둥절하게 두 사람을 번갈아 볼 뿐이었다.

* * *

리히트가 두 사람을 데리고 간 곳은 지하 감옥에 딸린 심문실이었다.

기사들이 지키는 문을 통과해 안으로 들어가자 라이오스와 그의 맞은편에 앉은 워렌이 새로운 손님을 맞이했다.

워렌은 며칠 전 만났을 때보다 활력을 되찾은 모습이었다.

갈기처럼 뻗은 검붉은 머리칼과 구릿빛 피부에 생기가 돌기 시작하자 한층 더 사나운 야수처럼 보였다. 종족 특유의 괴물 같은 회복력이 발동한 모양이었다.

"기억은요?"

"무사하다. 네가 말한대로."

인사는 깔끔하게 생략해 버린 아렌트가 담백하게 던진 말에 라이오스 역시 익숙하게 대답해 주었다.

이것으로 증명되었다.

기억을 날려 버리는 아티팩트, '므네모시네의 숨결'의 영향을 받지 않았다는 건 워렌이 악신교와 직접 연관되어 있지는 않다는 뜻이었다.

"저는 왜 부르셨는데요?"

"요청 사항이었다. 네가 있는 자리에서 대화하고 싶다고."

이것도 대충 예상했던 대답이었다.

워렌은 포박당한 상태에서도 그다지 반항할 기미는 보이지 않았다. 그저 시종일관 차분함을 유지하며 아렌트를 가만히 바라볼 뿐이었다.

라이오스가 침착히 덧붙였다.

"가능하다면 투항하고 싶다더군."

"예?"

얼떨결에 따라온 아서가 저도 모르게 놀란 목소리를 냈다.

방으로 찾아온 리히트가 그토록 심란해 보였던 이유가 바로 이거였다.

바로 며칠 전만 해도 황실 기사에게 덤벼들던 놈이 갑자기 투항하겠다니. 게다가 워렌과 마지막으로 접촉한 사람은 바로 아렌트였다.

그런 경악에 부응하듯, 워렌이 입을 열었다.

"저놈마저 없다면 아무래도 내 말을 믿지 않을 것 같아서. 딱히 얼굴을 마주하고 싶지는 않지만 부득이하게 동석을 요청했다."

"……도대체 무슨 짓을 한 거야, 너."

한참 입을 뻐끔거리던 아서가 가까스로 중얼거리자 아렌트는 멀쩡한 한쪽 어깨를 으쓱해 보였다.

"말했잖아요. 속 좀 긁어 줬다고."

그때의 대화가 떠오른 건지 워렌의 얼굴이 일그러졌다.

"긁기는 제대로 긁었지. 당장 지금이라도 네 목을 부러뜨리고 싶을 정도로. 하지만 그걸 참고 결정한 사안이니 부디 귀담아들어 줬으면 좋겠군, 단장."

"나 혼자 결정할 수 있는 문제가 아니다. 하지만 사정을 들려준다면 참고하지."

아렌트 쪽을 한 번 곁눈질한 라이오스가 차분하게 응대했다.

"하지만 결과가 어떻게 되더라도, 사람을 죽이고 범죄에 가담한 죗값은 치러야 한다. 그런데도 굳이 투항하겠다는 까닭은 뭐지?"

"그건 이미 각오했다. 하지만 저놈이 그렇게 말하더군. 목적을 이루고 싶다면 수단을 가리지 말라고."

그렇게 말하는 워렌의 짙푸른 눈동자에 불꽃이 튀었다.

"틀린 말이 아니야. 이미 인간에게 머리를 숙이고 사냥개 노릇까지 했는데, 여기에서 더 머뭇대면 내 꼴만 더 우스워질 뿐이겠지."

가라앉은 음성에 담긴 은근한 분노가 고스란히 아렌트에게 향했다.

"하지만 먼저 약속해 줬으면 좋겠군. 먼저 말을 꺼낸 건 그쪽이니 확실하게 책임져라. 레베카와 그녀의 상단을 모조리 쳐부수겠다고 약속해. 그러지 못하겠다면 나는 그냥 이 자리에서 자결하겠다."

"그건 내가 보장하지."

그 말에 대답한 건 아렌트가 아닌 라이오스였다. 늑대의 시선을 한 몸에 받게 된 라이오스가 한 치의 흔들림도 없이 맹세했다.

"우리 황실 기사단은 제국의 적을 배제하는 것이 임무다. 어차피 우리가 할 일이라는 얘기지."

"……저놈이 제일 말단이라기에, 황실 기사단은 전부 다 정신 나간 놈만 있는 줄 알았더니."

의외라는 듯 눈을 끔뻑이던 워렌이 새삼스럽게 말했다. 동시에 결연하던 라이오스의 표정이 다소 떨떠름해졌다.

"……저놈이 별종인 거다."

"선 그으십니까?"

"그 입 다물도록."

뒤에서 빌어먹을 견습 기사 놈이 쫑알거리는 것을 닥치게 만든 라이오스는 다시 신경을 워렌에게 집중했다.

"어쨌든, 이야기를 계속해 보지. 저놈은 신경 쓰지 않아도 된다. 아티팩트 관련 정보는 어디에서 손에 넣었지?"

"레베카에게서 들었다. 처음부터 설명하자면 조금 구질구질한 이야기가 될지도 모르겠군."

말을 고르듯 얼마간 침묵하던 워렌이 다시 입을 열었다.

"갓 성년이 되었을 때 일족에서 나오게 됐다. 바깥에 나와서 떠돌다가 인간 가족을 만났지."

지나치게 담백한 한마디에 많은 이야기가 집약되어 있었다. 뒷사정이 있을 거란 아렌트의 예상이 정확히 맞아떨어진 거였다.

아렌트가 그를 슬쩍 재촉했다.

"자세히 이야기 해 봐."

"이건 고루한 개인사다만, 필요하다면 그렇게 하지. 어린 시절, 무리의 규칙을 어겨서 추방당했다. 이건 그저 혈기를 참지 못했다고만 해 두지. 지금 중요한 건 아니니까. 여하튼, 혼자 떠돌다가 산에 있는 작은 인간 마을에 정착했어. 그렇게 동생과 아버지가 생겼다."

늑대의 본능을 따르는 웨어울프는 자신이 소속된 무리를 중요하게 여기는 경향이 있었다. 원래 있던 무리에서 쫓겨났으니, 나름대로 새로운 무리를 찾아 녹아든 거였다.

"약초를 재배해서 상단에 넘기는 것이 마을의 주 수입원이었지. 가장 중요한 거래처 중 하나가 레베카의 상단이었고…… 레베카는 주기적으로 마을을 방문했다."

"아까부터 상단 얘기가 나오던데."

"그 상단이 레베카의 본체라고 할 수 있지. 당신들이 건든 도박장이나 암시장, 거래소 같은 건 그저 뻗어 나간 가지에 불과하고. 어쨌든, 그 여자는 날 처음 본 순간부터 내게 관심을 보내더군."

라이오스의 질문에 차분히 대답해 준 워렌은 천천히 말을 이었다.

"그녀는 꾸준히 내게 호감을 표했고, 그게 부담스러워 은연중에 계속 거절했다. 그러던 어느 날, 내 아버지와 레베카가 언쟁을 벌이는 걸 듣게 됐지."

자신들이 재배해 판매하던 약초가 불법적인 일에 사용되고 있다는 걸 알게 된 것이다.

"아버지는 더 이상 작물을 팔지 않겠다고 했지만 레베카는 도리어 협박해 오더군. 마을 전체가 불타는 걸 보고 싶지 않다면 입을 다무는 편이 좋을 거라고."

그리고 떨어진 곳에서 그 모습을 지켜보던 워렌은 레베카와 눈이 마주치고 말았다.

아직도 기억에 선명했다.

아버지를 앞에 두고서 눈초리를 휘어 아름다운 미소를 짓던 그녀의 모습이.

"레베카는 분명 아버지를 협박하고 있었지만, 그 말은 동시에 내게도 해당되는 거였다. 인간 용병 수십 정도야 내가 찢어 죽이면 그만이지. 하지만 그 여자의 무기는 칼 든 싸움꾼만이 아니야."

마음만 먹는다면 마을 전체의 경제를 마비시켜 모두를 길가에 나앉도록 할 수 있는 사람.

조용히 있던 아서가 궁금증을 이기지 못하고 끼어들었다.

"그래서? 가족들을 구하려고 거기로 들어갔어?"
"……먼저 찾아간 건 내 쪽이었다."
본능적으로 알고 있었다.
처음 그녀와 눈이 마주쳤을 때부터 워렌은 레베카가 자신에게 진정으로 원하는 게 뭔지 깨닫고 있었다.
그간 외면해 왔을 뿐이지.
워렌의 입가에 쓴웃음이 드리웠다.
"사랑에 빠진 남자 행세를 했지. 그때부터 지금까지 계속. 마을을 떠난 직후, 그 근처에 레베카가 직접 꾸린 용병단이 주둔하게 됐다더군. 나를 향한 경고였다."
워렌이 자조적인 웃음을 흘렸다.
"어쨌든 그녀의 충실한 연인으로 몇 년을 살았다. 사람 죽이라면 죽이고, 싸우라면 싸우고, 사적인 자리에서는 사랑도 속삭였지."
그러지 않으면 마을이 큰 타격을 입을 테니까.
"그러다 작년이었던가 그 전이었던가, 처음 보는 손님이 레베카를 찾아왔다. 대접하는 데 꽤 신경 쓰기에 뭔가가 있다고 생각해서 파고들기로 결심했다."
여기부터가 진짜 본론이었다.
"레베카는 나를 연인으로서 완전히 신뢰했으니까…… 자연스럽게 이런저런 것들을 알 수 있었어. 그들이 바로 네가 말한 자들이었다."

고개를 든 워렌이 아렌트를 똑바로 바라보았다.

"처음에는 그냥 조금 별난 거래 상대인 줄 알았는데 그게 아니더군. 레베카 역시 그들에게 제법 깊이 관여하고 있었으니까."

"상단 소속의 다른 이들도?"

"레베카와 그 여자가 부리는 수하들 모두 놈들에게 푹 빠져 있는 눈치였다."

라이오스의 물음에 워렌이 담담하게 대답했다.

"특히 레베카는 그들에게 완전히 몰입해 있었다. 하지만 중요한 사항은 역시 제대로 공유해 주지 않더군. 가끔 놈들과 관련된 일처리를 내게 명령했을 뿐."

그 대부분은 사람을 해치는 일이었다.

"그러면 아티팩트에 대해서는 어떻게 안 거지?"

"우연히 엿들었다. 서리 어린 손길을 도둑맞았고, 황실 쪽으로 흘러든 듯하다…… 통신용 수정구를 붙잡고서 그런 대화를 하더군. 내부에 배신자가 있는 것 같다고."

그들이 말하는 배신자란 당연히 아렌트였다. 자연스럽게 기사들의 시선이 그 당사자에게 닿았다.

아렌트는 한없이 시큰둥한 무표정으로 그들의 기대를 충족해 주었다.

"배신자 이야기는 어딜 가나 따라다니네요. 뿌듯하게."

"……"

왔던 시선들이 떠났다. 그냥 상대하지 않기로 무언의 결정을 내린 것이다. 그런 기사들을 바라보며 워렌이 떨떠름하게 중얼거렸다.

"선을 긋는 이유를 알겠군."

"신경 쓰지 말고 계속해라."

미간을 꾹꾹 누르며 라이오스가 채근했다.

"그 뒤로도 이따금 소식이 전해졌다. 영역을 빼앗겼다거나, 요직에 있는 누군가가 사망했다는 것 등. 그런 상황에서 당신들이 레베카의 도박장 하나를 완전히 박살 냈고."

그 뒤는 굳이 더 말하지 않아도 충분히 짐작할 수 있었다.

아서가 신음하듯 말했다.

"누가 됐든 현 소유자를 죽이고 아티팩트를 회수하라는 명령이 떨어진 건가."

"그래, 요약하자면 그렇지."

"음……."

아렌트가 눈동자를 데굴, 굴렸다.

"레베카에게 명령을 내리는 사람이 있다는 거네요. 그건 아마 그 빌어먹을 악신교인지 부서진 심장인지 하는 놈들의 주요 인물 중 하나인 것 같고."

"대가를 받고 대신 일해 주는 건가?"

"아뇨, 제 생각에는 아마 자발적인 게 아닌가 하는데."

리히트에게 담백하게 대꾸해 준 아렌트가 슬쩍 인상을 찌푸렸다.

"그 여자, 광신도지?"

"……아마도."

한참 동안 뜸을 들이던 워렌이 천천히 고개를 끄덕였다.

"언제부터?"

"아마 몇 년쯤 전부터."

"당신이 말한 그 고향 마을은? 아직 건재해?"

"그렇다고 안다."

"우선 사람을 보내 그것부터 확인하지."

상황을 파악한 라이오스가 한마디 했지만 아렌트는 잠시 입을 다물고 고민에 빠졌다.

"진부한 이야기네."

그리고 잠시 후, 피식 비웃음을 터뜨렸다.

워렌이 얼굴을 와락 일그러뜨렸다.

"뭐라고?"

"아니, 그렇잖아. 수상한 종교에 빠져 미쳐 버린 마녀랑 그녀가 기르는 야수라는 게."

마녀는 달콤한 말과 협박을 반복하며 천천히 야수를 길들이고, 반항하던 야수는 세뇌당해 결국 어둠의 세계에 물들고 만다.

비록 소설에는 그런 사정이 제대로 비춰지지 않았지만, 워렌의 사연은 힘이 잔뜩 들어간 정극 같은 분위기를 한껏 내뿜던 '성검의 푸른 기사'다운 이야기였다.

"어쨌든 대충 앞뒤는 이해가 가. 도망쳐도 마을이 불타고, 레베카와의 사랑이 식어도 마을이 불타고……."

"……."

"임무에 나섰다가 실패해서 깔끔하게 죽어 버리면, 적어도 당신 가족은 다치지 않을 거라고 생각한 거지?"

아렌트가 이죽거렸다.

"거참, 대단한 사연 있는 악당 나셨네."

그에게 향하는 워렌의 눈빛에 강한 살기가 드리웠다.

"닥쳐라."

"확실하게 죽지 못하고 계속 구금 상태로 남는다면, 레베카는 당신이 배신했다고 여길 테고, 가족들의 목숨도 끝장나겠지. 그래서 죽여 달라고 그렇게 안달복달했구나."

하지만 아렌트는 아랑곳하지 않고 다시금 피식 비웃음을 흘릴 뿐이었다.

"다들 왜 그렇게 비장한 죽음을 좋아하는지 몰라. 그래 봤자 개죽음인데."

"야, 야!"

아서가 식겁하고 입을 틀어막으려 했지만 그의 손은 허

공을 가를 뿐이었다. 간단히 일격을 피한 아렌트가 고저 없이 말을 이었다.

"당신 뜻대로 됐어도 아마 그 마을은 흔적도 없이 사라졌을걸. 당신이 지금껏 말한 레베카의 성정이라면 말이야."

"뭐?"

"어차피 당신 양아버지는 레베카에게 한 번 반항했잖아. 근데 그 제정신 아닌 여자가 협박 같은 귀여운 짓이나 하고 그냥 내버려 둔 이유가 뭘까?"

"……."

조곤조곤, 아렌트의 유난히도 또렷한 목소리가 이어질수록 워렌의 얼굴이 점점 굳어 갔다. 뒤늦게 그의 말을 제대로 이해한 것이다.

"처음부터 당신을 손에 넣으려고 수 썼던 거야. 일부러 당신이 보는 곳에서 아버지랑 문제를 일으킨 거지. 어쩌면 당신 아버지에게 정보를 흘린 것도 레베카 본인일지도 모르고."

"자, 잠깐만. 너무 비약 아냐?"

"비약일지도 모르죠. 하지만 영 가능성 없는 이야기도 아니잖아요?"

급하게 끼어든 아서는 싸늘하게 덧붙여진 말에 입을 벌렸다.

"당신 생각은 어때. 당신 애인, 쓸모없어진 패에 미련을 가질 만큼 순정파인가?"

"……."

"어쨌든, 당신이 두려고 한 그 수는 안 통했을 거라고. 그러니까 이제 남은 방법은 딱 하나밖에 없어. 우리한테 매달리는 거."

지하 감옥에 차가운 침묵이 감돌았다.

아서와 리히트는 조금 질린 눈으로 아렌트를 보았고, 라이오스는 입을 다문 채 잠자코 기다렸다.

워렌의 턱이 잘게 떨리기 시작했다.

"이 악독한 새끼……."

저 애송이는 어쩌면 레베카보다 더 악질일지도 몰랐다.

"자, 그럼 별 영양가도 없는 이야기는 여기서 집어치우고."

"저 새끼 성질머리 진짜……."

아서가 작게 중얼거리는 말은 자연스럽게 무시당했다.

지금까지 잠자코 있던 리히트가 입을 열었다.

"이 증언 모두가 진실이라면, 일이 좀 골치 아프게 됐습니다."

"확실히 그렇군."

최대한 빠르게 손을 쓰지 않는 이상 그들의 안위를 보장할 수 없을 것이다. 이미 워렌을 체포한 지 며칠이나

지났으니까.

 진지한 얼굴로 잠깐 생각하던 라이오스가 이내 결심하고 지시를 내렸다.

"토벌과 구출을 동시에 해내야겠군. 오늘 황태자 전하께 보고드린 뒤 바로 채비를 시작하면……."

"곧장 출격해서 각개 격파하잔 소리는 아니시죠?"

"……"

 밉살스러운 목소리가 그의 말허리를 뚝 잘랐다. 당연히 아렌트였다.

 가여운 단장은 그대로 마른 세수를 했다.

"왜, 또, 뭐."

"저는 그냥…… 병력을 양쪽으로 나누어서 한쪽은 레베카를 치고, 한쪽은 마을 사람들을 구하고. 그렇게 여유 넘치는 말씀을 하실 줄 알고."

"……"

"아니죠?"

 라이오스는 침묵했다.

 언제나 패기 넘치고 강단 있는 기사라며 인정받는 그였지만, 어째선지 저놈이 본격적으로 입을 열기 시작하면 모든 전의를 상실해 버리고 말았다.

 그러는 사이 화살이 워렌에게 돌아갔다.

"황궁에서 그 마을까지는 얼마나 걸리지?"

"하루 이틀 정도로는 어림도 없지. 산도 하나 올라야 한다."

"레베카의 본단까지는?"

"나라면 하룻밤 만에 도달할 수 있지만…… 보통은 이틀 이상 걸린다."

견습 기사가 단장에게 빈정거린다는, 말도 안 되는 하극상 현장을 보며 멍해진 워렌이 얼떨결에 대답했다.

아렌트가 보란 듯이 단장과 선배들에게 삐딱한 시선을 주었다.

"그리고 레베카가 손가락만 하나 까닥하면 마을 하나가 싹쓸이 된단 말이지? 가는 길에 사람들 다 죽겠네."

"……."

"뭐, 그래. 운이 좋아서 성공했다 치자고요. 지금 우리가 잡아야 하는 놈들은 레베카만이 아니라 그 망할 사이비 놈들인데, 그놈들이 우리가 갈 때까지 가만히 있는답니까?"

"……."

"꼬리만 자르고 튀겠죠. 아니면 병력을 끌어모아서 아예 황실 기사단이랑 전쟁을 준비하거나. 전자도 문제고 후자도 문제잖습니까."

제일 화딱지 나는 건 저놈의 말에는 틀린 부분이 없다는 점이었다.

마녀와 야수 〈231〉

라이오스는 미간을 꾹꾹 누르며 짜증을 잠재웠다.

"그러면 뭐, 어쩌라고."

"아악, 단장님! 그 말씀은 안 됩니다!"

아서가 기함을 터뜨리고 나서야 라이오스는 제 실수를 깨달았다. 급하게 고개를 들자 슬쩍 입꼬리를 휘는 아렌트와 눈이 마주쳤다.

사실 지금 상황에서는 라이오스가 제시한 방향이 가장 이상적이긴 했다.

모든 것을 쟁취할 수 없으니, 어느 한쪽은 포기하는 게 옳으니까.

하지만 문제는, 언제나 저놈은 아무것도 손에서 놓치지 않는 기상천외한 방법을 제시해 온다는 거였다.

"딱 한 가지, 조금 재미있는 방법이 있긴 한데요."

은근한 빛을 머금은 황금색 눈동자가 묘하게 번들거렸다.

"이왕 좋은 기회도 생겼으니, 좀 더 파고들어 주는 게 예의죠."

"……"

그리고 늘 그랬듯, 불안감은 현실이 되고 말았다.

상황 파악을 제대로 못 한 워렌이 부리부리한 눈을 멍청하게 끔뻑였다.

그리고 딱 20시간 뒤, 황궁이 발칵 뒤집어졌다.

* * *

얼마 전 아렌트 폰 에크하르트를 습격했다던 이종족 죄수가 감시가 느슨해진 틈을 타 감옥을 부수고 탈출했다.

감시 근무를 서던 기사 둘을 쓰러뜨린 죄인은 순찰을 돌던 아렌트 폰 에크하르트와 전투를 벌인 뒤 그를 제압하고 납치까지 해 달아났다.

전(全) 황실 기사단이 나서 그를 추적했지만 작정하고 달아나는 웨어울프를 붙잡기란 쉬운 일이 아니었다.

한밤중에도 끝나지 않은 수색에 황궁이 온통 소란스러운 사이, 딱 한 공간만은 고요한 침묵에 잠겨 있었다. 바로 기사단장 셋과 칸타레스가 모여 앉은 작은 응접실이었다.

그들은 라이오스의 하소연을 담은 보고를 모두 들은 참이었다. 좀처럼 제 감정을 드러내지 않는 사람이었지만, 요즘 따라 참 다양한 표정을 내비치는 것 같았다.

대부분 그의 아래에 있는 견습 기사, 아렌트 폰 에크하르트와 관련된 일로.

"새삼스럽지만."

편안히 소파에 기대앉은 칸타레스가 차를 홀짝이며 운을 뗐다.

"진짜 감당하기 힘들겠다. 그놈."

"……."

수색을 이어 가는 기사들이 바락바락 고함을 질러 대는 소리가 아득히 들려왔다.

라이오스는 얼굴을 감싸 쥔 채 한숨만 푹푹 내쉴 뿐이었다.

　　　　　　＊　＊　＊

"전하. 외람된 말씀이지만, 솔직히 이 사태에 전하께서도 책임이 꽤 있으십니다."

"……나도 안다."

다이아나가 차분히 건넨 말에 칸타레스가 순순히 인정했다. 저놈의 고삐를 풀어 준 건 다름 아닌 자신이었으니까.

부쩍 초췌해진 낯빛으로 라이오스가 입을 열었다.

"그거 아십니까, 전하."

"뭐?"

"치료사가 이제 제 얼굴만 봐도 위장약을 건네줍니다."

"……."

달그락, 찻잔을 내려놓은 켄드릭이 촉망받는 젊은 기사단장의 어깨를 툭툭 두드려 주었다.

"그래도 언제나 결과는 확실하게 가져오지 않나. 그 방식이 좀…… 기상천외하지만."

"탐나면 데려가셔도 괜찮습니다."

"아니, 그건 사양하겠네."

켄드릭이 정색했다.

두 사람을 한심하게 보던 다이아나가 고개를 내저었다.

"다른 것보다, 라이오스 경. 그 워렌이라는 웨어울프는 믿을 만한가?"

"노이만 상단주님의 도움을 받아 그의 증언이 사실임을 확인했습니다."

라이오스가 무겁게 고개를 끄덕였다.

워렌이 말한 곳에 약초를 재배하는 마을이 있으며, 바로 근처에 수상한 무장 집단이 자리 잡고 있다는 것도 확인했다.

"그리고 무엇보다 아렌트가 그렇게 말했으니까요. 아마도 문제없을 겁니다."

"부하를 믿는 건 좋지만 아무래도 상대가 좀 잘못된 것 같은데."

켄드릭이 농담을 던졌지만 라이오스는 대답하지 않았다.

"그렇다면 우리도 움직일 수밖에 없겠어. 필요 이상으로 용맹한 견습 기사의 목이 떨어지기 전에."

"부탁드립니다."

다이아나가 농담조로 던진 말에 대답하며 라이오스는 천천히 주먹을 쥐었다 펴는 것을 반복했다.

평소와 달리 반장갑을 착용한 손의 촉감이 유난히 이질적으로 느껴졌다.

이미 시작된 판이니 돌이키는 것은 불가능했다.

남은 것은 최선을 다하는 일뿐이었다.

* * *

피투성이로 들이닥친 워렌을 본 수하들이 기함을 터뜨렸다.

"워렌 님! 무사하셨습니까?"

"그래, 레베카는?"

숨을 미처 고르기도 전 워렌이 사납게 캐물었다.

수하가 그에게 물을 건네주며 급하게 대답했다.

"출타 중이십니다. 황실 기사단에게 체포당하셨다고 들었는데……."

"못 볼 꼴을 보였군. 하지만 임무는 완수했다."

그는 어깨에 둘러매고 있던 한 사람을 아무렇게나 내동댕이쳤다.

그들은 그제야 워렌이 데리고 온 사람을 확인했다. 의

식을 잃은 채 축 늘어진 은발의 젊은 견습 기사였다.

"……!"

격렬한 싸움이 있었다는 것을 증명이라도 하듯 그의 몰골 역시 말이 아니었다.

워렌이 피를 대충 닦아 내며 짓씹듯 내뱉었다.

"어디든 처박아 둬라. 레베카가 오면 심문할 수 있도록."

"하, 하지만…… 워렌 님은 이자를 죽이러 가신 게 아닙니까? 어째서 생포를……."

"놈에게서 알아내야 할 게 있다. 토 달지 말고 움직이기나 해."

워렌의 서슬 퍼런 눈이 수하들을 향했다. 그제야 그들은 찔끔하고 아렌트를 옮기기 시작했다.

"치, 치료사를 불러 드리겠습니다. 잠깐만 기다려 주십시오."

"필요 없다."

차갑게 내뱉은 워렌은 짐짝처럼 운반되는 아렌트 쪽을 힐끔 보았다. 어느새 실눈을 살짝 뜬 아렌트가 다른 이들 몰래 그를 향해 윙크했다.

소름이 오소소 돋아 워렌은 급하게 시선을 피해 버렸다.

얼떨결에 휩쓸리긴 했지만, 정말 이래도 괜찮은 건가.

'이제 나도 모르겠다.'

저러다 죽어도 이쪽 책임은 아니었다.

짜증스럽게 머리를 벅벅 헝클어 버린 워렌은 그에게서 몸을 돌려 버렸다.

* * *

레베카는 몇 시간이 채 지나기 전에 돌아왔다.

그녀의 방 안에서 기다리고 있던 워렌이 벌떡 몸을 일으키자 레베카가 눈을 크게 떴다.

"워렌! 무사했구나!"

"다녀왔어, 레베카."

워렌이 눈초리를 휘며 흐린 미소를 지었다. 손에 들고 있던 가방조차 던져 버린 레베카가 곧장 워렌에게 안겨 들었다.

워렌은 자연스럽게 그녀를 마주 안았다.

"미안해. 걱정했지?"

"아냐, 무사해서 정말 다행이야."

시선을 맞춰 오며 레베카가 눈초리를 휘었다.

새삼스럽게 생각해도 참 아름다운 여자였다. 보기 드문 칠흑 같은 머리칼과 창백하게 보일 정도로 새하얀 피부, 그리고 고혹적인 입술…….

"목표물을 생포해 왔다고?"

"어어, 문제가 조금 생겨서. 내가 제대로 정리해야 했는데, 미안해."

"문제?"

그리고 한없이 태연한 어조로 말하지만 긴장을 풀지 못하게 하는 특유의 분위기가 그랬다.

잠깐 주저하던 워렌이 다시 입을 열었다.

"……네가 찾던 물건이 있잖아. 그걸 지니고 있지 않았어."

레베카의 눈썹이 살짝 휘어졌다.

어쩌면 거짓말이 잘 통하지 않는다는 점까지 그녀의 매력 중 하나일지도 몰랐다.

"그렇구나."

애매하게 중얼거리며 레베카가 고개를 기울였다. 검은 머리칼이 그녀의 움직임에 따라 폭포수처럼 쏟아졌다.

"칭찬을 해 줘야 하나, 아니면 질책을 해야 할까. 아직은 잘 모르겠는걸."

가장 큰 목표는 견습 기사가 가지고 있을 아티팩트를 회수하는 거였다. 하지만 자신들이 원하는 게 그거라는 사실은 최대한 드러나지 않길 바랐는데.

잠깐 고민하던 레베카는 이내 미소 지으며 워렌의 턱을 끌어당겼다.

워렌은 순순히 고개를 숙였다. 그러고는 살짝 닿았다가

떨어지는 입술 역시 담담히 받아들였다.

"그래도 고생했어. 이 뒤는 내가 알아서 할게."

마치 말 잘 듣는 강아지를 칭찬하는 것처럼 한 번 머리를 쓰다듬어 준 레베카가 미련 없이 몸을 빙글, 돌렸다.

"사랑하는 워렌. 잘 알고 있겠지만…… 난 나에게 정직하지 않은 연인은 싫어. 알지?"

"……물론."

워렌은 입꼬리를 끌어당겨 다시 미소를 만들었다.

그런 그를 한 번 더 힐끗 곁눈질한 레베카 역시 미소를 지어 주고는 방 밖으로 나가 버렸다.

* * *

레베카.

그녀는 암흑계의 거상이었다.

암흑세계 상품 중 손을 거치지 않은 것이 없었고 모두가 그녀를 두려워했다.

레베카 역시 그것을 잘 알았다. 그녀는 스스로를 이 자리까지 올린 제 능력을 믿었다.

그래서 확신할 수 있었다.

워렌이 거짓말을 하고 있다고.

'어째서일까.'

느긋한 걸음으로 긴 복도를 거닐었다. 이따금 마주치는 수하들이 급하게 고개를 숙이며 인사를 건넸지만 레베카는 익숙하게 무시했다.

워렌은 지금껏 자신에게 거짓말을 한 적 없었다. 그는 언제나 맹목적으로 레베카를 따랐고, 항상 반발하지 않았다.

이유는 간단했다.

그는 자신을 사랑하고 있으니까. 그리고 지켜야 할 것이 있기 때문에.

그런데 하필 지금 이 타이밍에, 황실과 접촉한 뒤 자신에게 거짓말을 하다니.

그녀의 입가에 미소가 드리웠다.

"재미있는걸."

배신한 건가, 아니면 자신의 실수를 감추려는 것인가.

어느 쪽이라도 흥미로웠다.

아마 열쇠는 생포해 왔다는 어린 기사가 가지고 있겠지.

"워렌이 데리고 온 애는?"

"지하에 가둬 뒀습니다."

"얌전해?"

"예, 아무래도 부상을 입은지라…… 정신을 차리고도 따로 반항은 하지 않는 눈치입니다."

그렇게 말한 부하가 명령이 떨어지기도 전, 공손히 앞

으로 손을 내밀었다. 안내해 주겠다는 뜻이었다.

레베카는 부하의 뒤를 따라 걸음을 옮기면서도 생각에 잠겼다.

'설마 워렌이 엉뚱한 생각을 하는 걸까.'

물론 그럴 가능성도 있었다. 가족들을 인질로 잡은 상태이니, 반발해 올 가능성은 충분했다.

속단하기는 조금 이르지만, 일단은 가능성을 배제하지 않는 게 좋겠지.

계단을 따라 가장 아래층으로 내려가자 차갑고 습한 공기가 느껴졌다. 레베카는 부하를 밖에서 기다리게 한 뒤 홀로 지하의 감옥에 들어갔다.

희미한 불빛 아래, 벽에 편히 몸을 기댄 은발의 청년이 눈에 들어왔다.

또각.

높은 구두 굽이 바닥에 부딪치며 선명한 소리를 냈다.

일부러 드러낸 기척에 청년이 고개를 들었다. 앳된 티가 채 가시지 않은 얼굴이 고스란히 드러나고, 레베카의 미간이 조금 구겨졌다.

"……."

선이 고운 얼굴은 신경질적인 예술가가 깎아서 만든 것 같았다. 상처투성이였지만 그럼에도 서늘한 기품은 채 가려지지 않았다.

최소한의 빛만이 들어오는 감옥에서도 스스로 반짝이는 것 같은 은발은 은근한 빛을 품은 채였다.
　하지만 무엇보다 그녀의 시선을 사로잡은 건, 사로잡힌 야생 동물 같은 황금색 눈동자였다.
　석상 같던 입꼬리가 움직여서 비릿한 미소를 만들어 냈다.
　"……그쪽이 개새끼 놈의 주인인가?"
　그리고 들려온, 약간 끝이 갈라진 미성에 레베카 역시 입술을 휘었다.
　"생포당한 주제에 독기가 가득한걸."
　"검도 없으니 독기라도 있어야지."
　빈정거리는 말에도 전혀 기죽지 않은 답이 돌아왔다.
　레베카는 한참 동안이나 창살 너머의 그를 들여다보았다. 아렌트 역시 그녀의 시선을 고스란히 받아들였다.
　건들면 베일 것 같은 날카로움이 느껴졌다. 궁지에 몰린 사람이라면 응당 가질 수밖에 없는 위태로움인 것 같기도 했지만, 레베카는 곧 생각을 수정했다.
　그가 내비치는 정제된 예민함과 서늘함은 자신 고유의 것이 틀림없었다.
　피식 웃음이 새어 나왔다. 고작 스무 살 언저리쯤 되어 보이는 어린 청년에게서 이런 분위기가 가능하다니.
　"……재미있네."

"그쪽이야말로."

한없이 무표정한 얼굴로 아렌트가 고개를 모로 기울인 채 도발적으로 물었다.

"나는 왜 끌고 온 거지? 죽이려고?"

"그렇다면?"

"죽지 않으려고 노력해야지."

고저 없이 담담한 대답이 돌아왔다.

레베카는 점점 더 흥미로워졌다.

"어떻게?"

"글쎄…… 어쩔까. 내부 기밀이라도 흘려 줄까? 아니면 뭐, 갖고 싶은 물건이라도 대령해 주거나."

짐짓 고민하는 척 말하며 아렌트가 피식 웃음을 터뜨렸다.

레베카가 감옥 앞으로 한 걸음 더 가까이 다가가며 말했다.

"정보는 믿을 만한 사람에게서만 듣는 주의라. 그리고 갖고 싶은 물건은 직접 손에 넣으면 돼."

"그건 좀 아쉽네."

"기사 나으리, 구차하게 목숨 구걸이라도 하려고?"

"아무래도 그렇지. 난 내 목숨이 제일 소중한 인간이라."

역시나 들려온 목소리는 무심했다.

하지만 당장이라도 뛰쳐나와서 목을 비틀어 버리고 싶다는 욕망은 얼음으로 벼린 칼 같은 눈동자에서 노골적으로 흘러나왔다.

고양이를 물기 직전의 생쥐, 이빨을 숨긴 맹수, 당장이라도 덤벼들고 싶지만 그러지 못하는 증오의 눈빛.

레베카가 미소를 짓다 못해 웃음을 터뜨렸다.

"당돌해서 좋네. 목숨을 걸고 거래를 하자는 건가? 그만큼의 가치는 있고?"

"서리 어린 손길."

다음으로 이어진 말에 금세 그 웃음은 사그라지고 말았지만.

대신 아렌트가 비릿하게 입술을 휘었다.

"내 목이 떨어진다면, 아마 당신이 갖고 싶어 하는 건 영원히 손에 넣을 수 없을걸."

"……."

레베카는 대답하지 않았다.

두 사람이 가만히 서로를 쏘아보는 가운데 묵직한 침묵이 흘렀다.

그리고 잠시 후, 그녀의 입가에 호선이 그려졌다.

"재미있는데?"

이게 말장난이라는 것은 알고 있었다. 저 어린놈이 워렌을 이용해 일부러 잠입했을 가능성이 있다는 것 역시.

마녀와 야수 〈245〉

뒤를 봐주는 것은 이 제국의 황실이고, 자신이 열과 성을 바친 '그들'의 공공연한 적이라는 것도 레베카는 누구보다 더욱 잘 알았다.

 하지만 그래서 더더욱…….

 이 청년은 그녀의 취향에 딱 맞아떨어지는 장난감이었다.

6장. 승리자가 정의다

승리자가 정의다

"민간인을 구출하고, 레베카의 상단도 쳐부수면서 유의미한 정보까지 캐내려면."

견습 기사 주제에 단장에게 그리 말하는 꼴이 건방지기 그지없었다. 늘 그렇듯 남 일을 말하는 것 같은 느긋한 어조로 손가락까지 하나하나 꼽아 보이는 꼴이 정말 얄밉다.

"시간이 필요하거든요."

모두가 아는 사실이었지만, 이쪽을 지그시 바라보며 굳이 짚어 주는 아렌트의 눈동자는 노골적으로 한심해하는 기색을 담아내고 있었다.

그걸 대충 번역해 보자면, 당신들은 이런 것도 못 하지? 라는 뜻이겠지.

그 뒤에 이어진 말을 요약하자면 시간도 벌 겸, 자신이 워렌을 따라 그 안에 잠입해 보겠다는 말이었다.

"안 돼. 위험해."

라이오스는 당연히 그렇게 일축했다. 하지만 그렇다고 해서 물러설 아렌트가 아니었다.

무표정한 낯에 눈을 가늘게 뜨며, 아렌트가 은근한 물음을 던졌다.

"저 누군지 모르십니까?"

알기야 잘 알지. 황궁에서 두 번 나올 일 없는 희대의 사기꾼 새끼.

아무도 대답하지 않았지만, 그 떨떠름한 침묵으로도 만족했는지 견습 기사가 다시 말을 이었다.

"이동 시간까지 합해 대충 일주일쯤이면 될 것 같으니……."

"삼 일."

라이오스가 그의 말을 뚝 끊었다.

예상치 못한 일인지 아렌트가 순간 받아치는 것도 잊어버리고 몇 차례 눈을 깜빡였다. 그 틈을 놓치지 않고 단장이 빠르게, 그리고 단호하게 말을 이었다.

"삼 일. 그 이상은 허락 못 한다."

새파란 눈동자에 불꽃이 일렁이는 것 같았다. 아서와 리히트는 마른침을 삼키며 두 사람을 번갈아 보았다.

잠시 후, 아렌트가 못마땅한 낯을 하면서도 고개를 끄

덕였다.

……이게 고작 하루 전의 일이었다.

'건방진 새끼.'

그가 실종되고 당장 몇 시간 동안은 온 황실 기사단이 나서 수색을 이어 갔다. 하지만 곧 일의 전말이 1, 2기사단 단장들 귀에도 들어갔는지 수색 중단 명령이 내려왔다.

덕분에 근위병과 치안대만이 계속해서 검문을 이어 갈 뿐, 기사단은 자신들의 생활관으로 복귀했다.

"오늘 새벽에 바로 움직인다."

그리고 부하들이 돌아온 지 얼마 되지 않아 라이오스가 그렇게 선언했다.

이쯤 되면 3기사단 기사들도 슬슬 일이 어떻게 돌아가는지 눈치챌 만했다.

라이더가 슬그머니 다가와 아서의 어깨를 툭 쳤다.

"야, 그놈 설마……."

"설마 맞습니다. 단장님 심기가 매우 불편하시니까 최대한 바짝 엎드리시는 게 좋을걸요."

아서가 돌아보지도 않고 담담히 답했다.

"네 심기도 매우 불편해 보이는데. 어쨌든 알았어. 하여간 미친놈이라니까."

몇 번 투덜거린 라이더는 그에게서 멀어졌다.

앞서 아렌트가 말한 기간은 분명 황궁에서 워렌의 마을

까지 당도해, 적들을 모두 정리할 것까지 계산한 것일 터.

사람들을 구출하고 레베카를 토벌하는 데에는 사실 일주일도 빠듯한 시간이었다. 라이오스는 그걸 사흘 안에 해내겠다고 선언한 것과 마찬가지였다.

엄청난 강행군이 되겠지만 불만을 표하는 사람은, 적어도 3기사단 내에는 존재하지 않았다.

빌어먹을 애새끼한테 질 수는 없으니까.

아서는 주먹을 꽉 쥐었다가 폈다.

그의 눈동자에 짜증과 함께 굳은 결의가 새겨졌다.

　　　　　＊　＊　＊

동료들의 걱정이 무색하게도, 아렌트는 아주 호의호식 중이었다.

찢어지고 피 묻은 제복 대신 새로 갈아입을 옷도 어딘가에서 대령됐다.

잡혀 온 지 하루 만에 이뤄 낸 쾌거였다.

"정말 어처구니가 없군. 이렇게까지 뻔뻔할 줄은."

"능력이 좋은 거라고 말해 주지?"

워렌이 황당하게 중얼거리자 아렌트가 어깨를 으쓱였다.

레베카 취향에 맞는, 보석이 주렁주렁 달린 화려한 옷은 원래부터 아렌트를 위해 만들어진 듯 잘 어울렸다.

그가 틈나는 대로 입에 쏙쏙 집어넣는 것은 다름 아닌 레베카가 직접 마련해 준 고급 과자였다.

"도대체 무슨 짓을 한 거지?"

"거래. 제법 쏠쏠한 정보를 팔아넘겼지."

"정보? 황실의?"

"어, 아티팩트를 누가 지니고 있는지 알려 줬거든."

이 새끼, 진짜 괜찮은 건가.

워렌의 얼굴에 짙은 회의감이 어렸다.

"인간 말종이라는 말 들어 본 적 없나?"

"연쇄 살인범한테 이런 말까지 듣고, 영광인데."

피식 웃음을 터뜨리는 얼굴은 외모에 그다지 관심 없는 워렌 눈에도 제법 볼만했지만…….

한 대 세게 갈겨 주고 싶다는 충동질에 더욱 불을 지필 뿐이었다.

"왜. 주인 취향에 맞게 잘 꾸며진 강아지처럼 보여서 질투나? 리본이라도 하나 달아 줘?"

"정말 죽고 싶나?"

"할 수 있으면 해 보든가. 아, 그때 깨갱대던 꼴이 꽤 재밌던데?"

"……언젠가 네놈 면상에 주먹을 꽂을 닐이 올 거다."

워렌이 사납게 으르렁대자 아렌트가 얄밉게 받아쳤다.

"그건 그렇고. 레베카 본인은 전투에 나서지 않지?"

"그래, 다소의 호신 정도는 가능하지만, 전투에는 재능이 없어. 그래서 언제나 호위를 대동하지."

"그 호위는 대부분 그쪽이고?"

"그래."

"마력 감지는?"

"못 해. 대부분 내게 맡기고 있다. 애초에 마력 감지는 해내는 사람이 드문 편이지 않나."

"잘됐군. 곧 그 여자 곁으로 돌아가야 하지?"

답을 기다리지 않고, 아렌트는 품에서 뭔가를 꺼내 워렌에게 던져 주었다.

작은 마정석이 박힌 새하얀 큐브였다. 이리 치이고 저리 치이는 와중에도 지금껏 용케 들키지 않고 지켜 낸 물건이었다.

"이건?"

"마력을 살짝 쓰면 발동되는데, 품에 넣어서 지니고 다니다가 다시 가져와. 최대한 열심히 돌아다니고, 혹시 모르니 되도록이면 마력에 민감한 놈들은 피해 다녀."

"……."

워렌은 과자를 입안에 하나 더 던져 넣는 아렌트와 큐브, 영상 기록석을 번갈아 보았다.

"하지만 쓸데없이 어슬렁거리면 의심받을 거다."

"괜찮아. 레베카는 내가 최대한 여기에 붙잡아 둘 테니까."

무책임했지만, 그래서 오히려 절대로 실패할 리 없다는 확신이 느껴졌다. 거기에 대고 무어라 더 말할 수는 없었다.

워렌은 짧게 한숨을 내쉬고 영상 기록석을 품에 갈무리했다.

"……도대체 무슨 수작을 부린 거지? 레베카가 널 이리 쉽게 믿을 리가 없는데."

"물론이지. 의심받고 있어. 당신도, 나도."

아렌트가 흥얼거리는 것처럼 대답했다.

"어디 한번 해 보라는 식으로 내버려 두는 거지."

어차피 두 사람 다 레베카 손아귀에 있는 것과 마찬가지니까.

그렇게 말하는 아렌트는 묘하게 기분이 좋아 보였다.

마치 며칠 전, 검을 처음 맞댄 순간처럼.

목숨이 위태로운 상황에도 자신의 예상이 맞아떨어졌다는 것이 그저 기쁜 듯, 달빛 아래에서 눈을 빛내며 웃는 모습이란…….

헛웃음이 터져 나왔다.

"미친놈의 사고방식은 미친놈이 잘 안다는 건가."

"넌 그냥 하던 대로 레베카의 충견 노릇이나 해. 나는 알아서 움직일 테니까."

"뭐?"

"짖으라면 짖고, 물라면 물라고. 괜히 어설프게 내 편 드는 쪽이 더 방해되니까."

워렌과 눈을 마주친 아렌트가 씨익 웃어 보였다.

"그쪽 애인이 기대하는 것 같으니, 재롱이나 실컷 피워 줘야지."

그리고 딱 몇 시간 후, 이 정신 나간 견습 기사는 자신의 말을 정확하게 실천해 보였다.

이게 진짜 현실인가.

워렌은 제 눈을 의심할 수밖에 없었다.

용병들이 사용하는 공용 식당.

익숙한 은발 꼬맹이가 테이블을 떡하니 차지하고서 용병들에게 둘러싸여 있었다.

'……이게 맞나?'

방에 갇혀 있어야 할 놈이 왜 저기에 있는지, 대체 무슨 짓을 했기에 저리 아무렇지도 않은 얼굴로 섞여 들 수가 있는지.

무엇보다도 경계심 높고 거친 용병 놈들이 왜 놈과 함께 떠들어 대며 먹고 마시는 건지, 처음부터 끝까지 이해할 수 없는 것투성이였다.

함께 온 레베카도 이 광경에는 그저 기가 막힌 건지 어이없는 웃음을 흘릴 뿐이었다.

"도대체 이게 어떻게 된 일일까? 내가 분명 잘 감시하라고 하지 않았어?"

"그게……."

처음 이 사태를 보고하러 달려온 부하가 마른침을 꿀꺽 삼켰다.

그가 더듬더듬 내어 놓은 이야기는 이랬다.

잠겨 있던 문을 부수고 멋대로 탈출한 아렌트는 앞을 지키던 용병들과 싸움을 벌였고, 놈들을 가뿐히 때려눕혔다.

아렌트는 바닥을 뒹구는 용병들을 실컷 놀려 댔고, 그 도발에 넘어간 이들은 연무장으로까지 자리를 옮겨 2차전을 벌이게 됐다.

그러다 보니 한가한 사람들이 하나둘 끼어들기 시작했고…….

나란히 견습 기사에게 흠씬 두들겨 맞고 놀림까지 당한 뒤, 이렇게 의기투합해 먹고 마시기 시작한 것이다.

마침 술잔을 들고 용병들과 실랑이하던 아렌트가 아는 체를 해 왔다.

"어라, 워렌 씨랑 레베카 님이잖아."

"뭐, 뭐라고?"

우당탕!

방금까지 정신없이 떠들어 대던 용병들이 벌떡 자리에서 일어났다. 덕분에 아렌트와 레베카 사이에는 인간으로 만들어진 길이 뻥 뚫리고 말았다.

술잔을 든 아렌트가 생글생글 웃었다.
"레베카 님도 같이 어때?"
"……나 참."
 그 천연덕스러운 꼴에 레베카는 쓰게 웃으며 워렌의 어깨를 툭툭 쳤다. 그 뜻을 찰떡같이 알아들은 워렌이 용병들을 향해 스산하게 말했다.
"당장 자리로 돌아가라. 책임은 나중에 묻겠다. 각오하고 있도록."
"예, 예!"
 용병들이 우당탕탕 뛰쳐나가고, 엉망이 된 식당 안에는 레베카와 워렌, 그리고 아렌트만 남았다.
"너를 참…… 어떻게 해야 하나."
"받아들여. 재밌잖아."
 천연덕스러운 대꾸에 고개를 절레절레 내저은 레베카는 걸음을 옮겨 그의 맞은편에 앉았다.
"이쯤 되면 조금 헷갈리는데. 뻔뻔한 건지, 위기감이 없는 건지. 아니면 멍청한 건지."
"뻔뻔하다는 것 빼고 다 틀렸어. 나는 내 목숨이 제일 중요한 사람이고, 머리 굴리는 건 내가 제일 잘하는 일 중 하나거든."
 반쯤 차 있던 잔을 완전히 비워 버린 아렌트가 언제나 그렇듯, 장난꾸러기처럼 웃었다.

"누울 자리도 봐 가며 발 뻗는다는 거지. 당신도 이런 걸 기대하고 감옥에서 꺼내 준 거 아니었어?"

"그 말대로긴 해. 하지만 설마 이렇게까지 막 나갈 줄은 꿈에도 몰랐거든."

턱을 괸 레베카가 슬쩍, 입꼬리를 올렸다.

"그래서. 구경은 다 하셨어요, 기사님?"

"다들 참 신앙이 독실하던걸. 어디 신전에라도 온 줄 알았어."

"멋지지 않아? 다들 멍청하긴 하지만 말 잘 듣는 착한 부하들이지. 워렌은 아쉽게도 신의 말씀에는 별로 관심이 없지만."

갑자기 자신의 이름이 튀어나오자 워렌이 움찔했다.

"기사님은 어때?"

"난 신 같은 거 안 믿는데."

"신성 제국의 황실을 모시는 주제에 제법 불경하네."

잠깐 뜸을 들이던 레베카가 새하얀 손가락으로 톡, 지저분한 테이블을 두드렸다.

아렌트를 향한 시선에 약간의 언짢음이 깃들었다.

"목숨 아까운 줄은 안다면서, 왜 이렇게 설칠까?"

"하고 싶으니까."

그녀를 똑바로 마주 보며 아렌트가 담백하게 대꾸했다.

"다른 이유가 필요해? 난 원래 이런 놈인데. 체르니온의 앞마당이든 루체의 신전이든, 내 마음 가는 대로 움직이는 게 그리 큰 죄는 아니잖아?"

"이것 참……."

고민하듯 천천히 눈동자를 굴리던 레베카가 다시금 쓰게 웃음을 흘렸다.

"자리는 다 확인했어? 여긴 네가 눕기에 적당한 곳인가?"

"아직은 잘 모르겠는데. 어느 신 밑이든, 난 내 목숨만 보장된다면 상관없어."

아렌트는 의미 있는 시선으로 레베카를 보았다.

"밥도 잘 나오면 더욱 좋고. 근데 술이 맛이 없어서 좀 아쉬운데."

황금색 눈동자가 은근한 미소를 품었다.

지금 목숨이 경각에 달한 건 분명 아렌트였다. 감옥에 있건 바깥을 활보하건 다를 바는 없었다. 그걸 모를 리 없을 텐데도 저런 뻔뻔한 태도라니.

보통 미친놈이 아니었다.

결국 레베카는 표정을 풀고 웃음을 터트릴 수밖에 없었다.

* * *

어린 기사 놈은 제 목적을 모두 달성하고서는 술까지

챙겨 자신의 방으로 돌아갔다.

그 후, 다시 레베카의 집무실.

수하의 목소리가 상념에 빠진 레베카의 의식을 현실 위로 끌어올렸다.

"레베카 님, 황실 기사단이 움직임을 보였습니다."

그제야 레베카가 고개를 들었다.

황궁 근처에 감시를 붙여 둔 것이 아무래도 헛짓거리는 아니었던 모양이었다.

"인원은?"

"라이오스 드 윈프리드 단장과 다른 기사 둘입니다."

뻣뻣하게 시립한 수하가 보고했다.

고작 셋뿐이라.

"워렌, 혹시 뒤를 밟혔어?"

"⋯⋯아니라는 확답은 못 주겠군."

조용히 자리를 지키던 워렌이 중얼거렸다.

"하지만, 워렌 님의 뒤를 밟았다니⋯⋯."

"가능한 일이다. 그게 황실 기사단이니까. 만만치 않은 자들이었어."

수하가 조심스럽게 묻는 말에 워렌이 딱 잘라 말했다.

머리칼 끝을 매만지며 가볍게 고민하던 레베카가 다시 질문을 던졌다.

"이쪽으로 오고 있나?"

"예, 아마 이틀에서 사흘 내로 이쪽에 도달할 것 같습니다."

"근처를 수색해. 어쩌면 기사단의 끄나풀이 숨어 있을지도 몰라."

"예, 알겠습니다."

부복한 수하가 물러나자 레베카는 등받이에 툭, 몸을 기댔다.

"미안하군."

"아니야, 어쩔 수 없는 일이었어."

워렌의 짧은 사과에 무감하게 대답한 레베카는 다시 생각에 잠겼다.

"정말 어처구니가 없어."

그 어린 기사는 순식간에 용병들 틈까지 파고들어 결국 체르니온이라는 이름을 캐내고야 말았다.

하고 싶었으니 했다, 라지만 그런 철부지 같은 말을 레베카는 믿지 않았다.

다만······.

'속을 알 수가 없어.'

사람을 읽어 내는 데는 꽤 자신 있는데, 그 청년만큼은 도무지 무슨 생각을 하는지 알 수가 없었다.

용감한 건지, 아니면 치기 어린 만용을 부리는 것뿐인지······ 그조차도 구분하기 힘들었다.

설령 뭔가 정보를 캐낼 요량이라고 하더라도, 그걸 들고 황궁으로 돌아갈 수 있어야 의미가 있는 거였다.

'여기에서 살아 돌아갈 수 있을 거라 여기는 건가.'

라이오스 드 윈프리드가 직접 본단을 향해 쳐들어온다.

지금은 단장 본인을 포함한 세 명뿐이지만, 그것만으로 충분히 위협적이었다. 제3기사단 단장의 강함은 이미 정평이 나 있으니.

심지어 서리 어린 손길과 강한 자의 그림자가 그들 수중에 있다는 것도 확인되었다.

게다가 본단 위치도 들켰으니, 언젠가는 황실 기사단 전체가 이쪽을 향해 진격해 올 게 뻔했다.

그걸 막으려면 싹을 잘라야 한다.

어떻게든 라이오스를 이 자리에서 죽여야 했다.

'나 혼자서는 감당하기 힘들어.'

하지만 교단에 지원을 요청한다면, 모처럼 손안에 굴러 들어온 장난감을 빼앗기고 말 텐데.

아렌트 폰 에크하르트는 최근 교단이 꼽은 요주의 인물이었다. 악명만 따지자면 라이오스 단장보다 더 높을지도 몰랐다.

잠깐 갈등하던 레베카는 얼마 지나지 않아 결론을 내렸다.

"……유감이야."

"뭐가?"

"욕심 부리고 싶은데, 탈이 나면 감당할 자신이 없어서."

미지의 것은 호기심을 자극했지만, 끝끝내 파악할 수 없는 건 그저 위험할 뿐이었다.

아렌트 폰 에크하르트는 후자였다.

짧은 한숨과 함께, 레베카는 천천히 몸을 일으켰다.

워렌이 의아하게 물었다.

"어디 가게?"

"지원 요청을 해야지. 그리고 감당 안 되는 어린 기사님과도 잠깐 면담해야겠어."

워렌은 아무런 토도 달지 않고 레베카를 따라 자리에서 몸을 일으켰다.

레베카는 워렌의 어깨를 톡톡, 두드려 주고는 한발 앞서서 집무실에서 빠져나갔다. 워렌은 조용히 그 뒤를 그림자처럼 따를 뿐이었다.

* * *

갑작스러운 방문자에 소파에 파묻혀 있던 아렌트가 고개를 들었다.

"왜?"

"네 동료들이 이쪽으로 오고 있다던걸. 꽤 반갑겠어?"

다짜고짜 던져진 말에도 아렌트는 천연덕스럽게 고개를 갸웃할 뿐이었다.

"그럴 거라고 생각해?"

"그리 좋아할 만한 상황도 아닌가. 단장을 포함한 셋뿐이라고 하니까."

아렌트의 얼굴에 살짝 금이 갔다.

"……셋이라고?"

"그래, 아무래도 널 구하러 오는 것 같지?"

콧노래를 흥얼거리는 것처럼 덧붙이며 레베카는 아렌트 옆자리에 털썩 앉았다. 아렌트는 살짝 몸을 뒤로 물려 그녀와 거리를 벌렸다.

"아무리 단장이 포함되었다고 한들 고작 셋으로는 승산이 없을 텐데. 안 그래?"

"……."

레베카가 생글, 미소 지었다.

"잘됐네. 황궁에서는 널 버린 것 같지만, 적어도 네 단장은 널 위해서 목숨을 던질 준비가 되어 있는 것 같아."

잠깐의 틈 뒤, 아렌트가 짜증스레 제 머리를 벅벅 긁었다.

"……하아, 뭐 그렇겠지. 계산이라는 걸 영 못하는 인간이라. 이번에도 물불 안 가리고 뛰어들었을 게 뻔해."

"라이오스 단장은 워렌도 감당하기 힘들겠지? 그래서

교단에 지원군을 요청했어."

소파에 편히 몸을 기대며 레베카가 말을 이었다.

"감사하게도 교단에서 직접 나오신다던걸. 빈센트 님의 죽음을 유감스럽게 여기셔서, 지금까지 기회가 오기만을 기다리시던 분이지."

"그 자식을 죽인 건 단장이 아니라 난데. 결국 내 목을 노리러 오는 거 아냐?"

"너를 생포했다는 소식까지 전해 드렸으니, 아마 그러실 거야. 그러니까 지금 확실히 해 두고 싶어서."

짜증스레 투덜대는 말에 레베카가 생긋 미소 지었다.

"네가 살아남을 수 있는 방법은 이제 딱 하나뿐이라고. 나한테 매달리는 거."

얼마 전 워렌에게 주워섬겼던 말이 고스란히 돌아왔다.

줄곧 무심하기만 하던 얼굴에 처음으로 금이 갔다. 잠깐 뜸을 들이던 아렌트가 살며시 미간을 구겼다.

"……당신네 신은 매달리면 목숨을 구해 주나?"

기대했던 것만큼은 아니었지만, 처음으로 돌아온 유의미한 반응이었다.

"만약 그렇다면?"

"그렇다면…… 네 앞이든, 아니면 사기꾼 신 앞이든 무릎 꿇어야지. 단장님께는 미안하지만."

잠깐 말을 끊은 아렌트가 슬쩍 입꼬리를 휘었다.

"난 동반 자살하는 취미는 없거든. 나 혼자라도 살아야지."

고뇌와 갈등 따위는 생략해 버린, 지나치게 담백한 결론이었다.

거기에서 레베카는 확신할 수 있었다.

역시 이 꼬맹이는 자신이 감당할 물건이 아니었다.

"일행은 단장님까지 포함해서 세 명이라고?"

"그렇다고 보고받았어."

"그렇다면 아서 노버트와 리히트 폰 크리산타. 이 두 사람일 걸."

"흐음, 어떤 사람들이지?"

별 기대 없이 물은 말에 아렌트가 단박에 대꾸했다.

"하나는 심부름도 못하는 주제에 충견 노릇하고 싶어서 안달 난 강아지. 그리고 한쪽은 꽉 막힌 주제에 본인이 책사라고 믿는 고리타분한 놈."

"콜록, 콜록!"

"그리고 단장은 터무니없는 이상주의자에다 융통성 없는 원칙주의자라 매번 허공에다 삽질하는 게 취미고."

딴청을 피우던 워렌이 마른 사레가 들려 기침을 토해 냈다.

예상치 못한 말에 마찬가지로 상황도 잊어버리고 눈을

깜빡이던 레베카가 이내 어이없다는 듯 웃음을 터뜨렸다.

"동료들에게 뭐 유감이라도 있어?"

"처음부터 끝까지 유감뿐인데."

어깨를 으쓱인 아렌트는 의자에 푹, 몸을 기댔다.

"어중이떠중이들로는 상대 못 해. 강한 놈들만 골라서 준비해 둬. 나머지는 다 짐만 될 테니까."

어조가 미묘하게 바뀐 것을 알아차린 레베카가 살짝 눈썹을 찌푸렸다. 어느 순간부터 그의 황금색 눈동자는 레베카를 똑바로 바라보고 있었다.

한층 가라앉은 음성으로 아렌트가 또박또박 말을 이었다.

"순진해 빠진 인간들이라도 검 실력 하나만큼은 무시할 수 없는 족속들이야. 일단 두 사람은 따로 떼어 놓고 처리해. 그편이 수월할 테니까."

청자가 누구든, 저절로 집중하게 만드는 목소리, 그리고 눈빛이었다.

레베카는 저도 모르게 홀린 듯 그를 마주 보았다.

"다른 두 사람이 낙오되더라도 단장은 신경도 안 쓰고 내가 있는 곳까지 단숨에 돌파해 올 거야. 그때를 노리는 거지."

심지어는 딴청을 부리던 워렌마저도 고개를 돌려 그에게 시선을 줄 수밖에 없었다.

"지원이 있다고 했지? 교단 소속이면 아마 아티팩트 사용자겠군. 그 사람이랑 웨어 울프가 동시에 달려들면, 아무리 라이오스 단장이라도 오래 못 버틸걸."

"……."

동료들을 상대할 방법을 제시하면서도 아렌트는 그저 태연하기만 했다. 딱히 기책이랄 것도 아니었고, 말장난으로 레베카를 혼란스럽게 할 의도도 보이지 않았다.

그래서 더욱 어이가 없었다.

"네게는…… 거리낌이라는 게 없어?"

"그런 말 자주 들었지. 특히 아서 선배한테."

아렌트가 어깨를 으쓱해 보였다.

잠시 아렌트를 서늘하게 응시하던 레베카는 곧 피식, 짧게 웃음을 터뜨렸다. 이 꼬맹이를 만나고 나선 이런 웃음도 자주 짓게 된다.

"그래, 일단은 알겠어."

몸을 일으킨 그녀는 인사도 남기지 않고 몸을 빙글 돌려 버렸다. 자연스레 그 뒤를 따르려던 워렌은 자신을 덥석 붙잡는 손에 소스라쳐 뒤를 돌아보았다.

"아무도 안 볼 때 성벽 밖으로 던져. 아까 내가 준 거랑 같이."

아렌트가 빠른 손놀림으로 그에게 뭔가를 쥐여 주었다.

미처 그가 대답하기도 전, 떠밀리듯 방 밖으로 쫓겨난 워렌의 등 뒤로 문이 쾅 닫혔다.

얼떨떨하게 손안을 확인하니, 아까 아렌트가 건네줬던 것과 똑같은 하얀 사각형 모양의 큐브가 하나 더 쥐여져 있었다.

* * *

새벽부터 말을 재촉하던 기사들은 해가 완전히 꼴깍 넘어가고 늦은 밤이 됐을 때쯤, 쥐도 새도 모르게 한 여관으로 들어갔다.

"어서 오십…… 어?"

"쉿. 하룻밤만 머물렀다가 가고 싶은데, 혹시 다른 손님이 없다면 건물을 전부 빌릴 수 없겠나?"

라이오스는 당황한 주인장에게 돈을 잔뜩 쥐여 주었다.

황실 기사단 제복을 입은 세 남자와 제 손에 떨어진 돈주머니를 한참이나 번갈아 보던 주인장은 급하게 고개를 끄덕였다.

짐을 대충 구석에 던져둔 뒤 라이오스와 아서, 리히트, 그리고 라이더는 가장 큰 방에 모여 통신용 수정구를 꺼냈다.

곧이어 수정구가 선명한 빛을 머금더니 익숙한 목소리

가 흘러나왔다.

- 단장님, 무탈하셨습니까?

"그래, 물건은 회수했나?"

- 예, 단장님. 들키지도 않은 것 같습니다.

워렌과 아렌트와 동행했던 글렌이었다.

그의 임무는 영상 기록석을 회수해 단장에게 내용을 전달하는 거였다.

- 내용은 다 확인했습니다. 바로 전달해 드리겠습니다.

글렌은 성의 내부 구조부터 설명했다. 워렌이 이곳저곳을 누비며 영상 기록석에 담아낸 것을 토대로 파악해 낸 거였다.

그것을 아서가 신중하게 옮겨 적기를 몇 번 반복하자 곧 그럴듯한 내부도가 나왔다.

"출입구가 네 개에 뒷문이 하나…… 뒷문은 어디로 통하지?"

- 거기까지는 볼 수 없었습니다. 아마 그 웨어울프도 접근할 수 없는 구역이 있는 눈치였습니다.

리히트의 물음에 대답한 글렌이 잠깐 망설이다 화두를 돌렸다.

- 그리고 두 번째 기록식에는 아렌드 놈과 그 여자가 나눈 대화가 담겨 있었습니다만…… 그게…….

수정구 너머에서 글렌이 말끝을 흐리자 일행은 떨떠름

하게 입을 다물었다.

 뒷말은 굳이 듣지 않아도 대강 알 것 같았다.

 "……직접 듣겠다."

 - 예, 알겠습니다.

 라이오스가 허락하자 글렌이 영상 기록석을 조작했다.

 곧, 젊은 여성의 고혹적인 음성이 수정구를 타고 흘러나왔다.

 - 아무리 단장이 포함되었다고 한들 고작 셋으로는 승산이 없을 텐데. 안 그래?

 거기서부터 시작이었다. 아렌트와 레베카는 아슬아슬한 대화를 이어 갔다.

 일행은 자신도 모르게 몸을 긴장시킬 수밖에 없었다.

 하지만 그것도 잠시.

 - 하나는 심부름도 못하는 주제에 충견 노릇 하고 싶어서 안달 난 강아지. 그리고 한쪽은 꽉 막힌 주제에 본인이 책사라고 믿는 고리타분한 놈.

 - 콜록, 콜록!

 - 그리고 단장은 터무니없는 이상주의자에다 융통성 없는 원칙주의자라 매번 허공에다 삽질하는 게 취미고.

 "……."
 "……."
 "……."

대화를 주의 깊게 듣던 기사들의 표정이 점점 썩어 들어갔다.

"이 썩을 놈이……."

아서의 주먹이 부들부들 떨리기 시작했다. 리히트 역시 차마 입 밖으로 내놓지 못한 욕설을 속으로 삼키는 기색이었다.

미간을 꾹꾹 누르던 라이오스가 고개를 들었다.

"그래도 필요한 건 다 알아낸 것 같군."

평소처럼 무표정했지만, 어쩐지 자식새끼 키워 봤자 소용이 없다는 걸 깨달은 부모의 애환이 담긴 것 같은 얼굴이었다.

그리 이상한 일은 아니었다. 최근 들어 아렌트의 패악질을 감당하느라 위장에 구멍이 뚫리기 직전인 그였으니까.

이러니저러니 해도 일은 참 잘했다.

사람을 자꾸 들었다 놨다 해서 문제지.

더 이상 짜증을 내는 것도 무의미한 일. 리히트 역시 한숨을 푹 내쉬고 단장이 바꾼 화제에 편승했다.

"예, 역시나 황궁을 지켜보는 눈이 있는 것 같습니다."

"지원군이라는 놈은 어떤 자일까요?"

"글쎄, 누가 됐든 상대하기 쉽지 않겠지."

아마 아티팩트 소유자일 것이다.

라이오스는 무심코 제 손을 내려다보았다. 가죽 장갑 밖으로 드러난 손가락에 검은색 반지가 자리 잡고 있었다.

잠자코 있던 글렌이 조심스럽게 입을 열었다.

– 아무래도 그 레베카라는 여자…… 처음 상정했던 것보다 더 깊이 교단에 관여하고 있는 것 같습니다. 괜찮을까요?

놈들의 시선을 가장 많이 끈 것은 다름 아닌 아렌트였다.

몇 번이고 쥐어 패도 모자랄 정도로 얄미운 녀석이긴 해도, 적 소굴에 혼자 침투해 있으니 걱정되는 건 어쩔 수 없었다.

아서 역시 같은 생각인지 앓는 소리를 냈다.

"그 자식도 적당이라는 걸 알아야 할 텐데요. 은근…… 아니, 대놓고 막 나가는 놈이잖습니까."

목적만 달성할 수 있다면 수단을 가리지 않는 놈이라는 건 이미 잘 알고 있었다. 도대체 뭘 어떻게 하면 이틀 만에 적의 수괴와 도란도란 동료들의 뒷담을 깔 수가 있는지.

놈의 그 특이한 재주를 믿고 보내긴 했다만, 아무리 봐도 익숙해지지 않는 그 뻔뻔한 작태에는 어처구니가 없어질 수밖에 없었다.

"글렌, 일단 거기에서 대기하고 변동 사항이 생긴다면 곧장 보고해라. 들키지 않도록 조심하고. 위험해지면 즉시 이탈하도록."

― 예, 알겠습니다. 단장님도 보중하십시오.

통신이 끊어지고, 라이오스는 고개를 절레절레 내젓는 것으로 상념을 털어 버렸다.

"잠시 쉬어. 그리고 해 뜰 무렵에 바로 출발한다."

"예!"

이미 다른 쪽도 만반의 준비를 갖췄을 터. 남은 것은 적을 물리치는 것뿐이었다.

'신의 가호가 있길.'

자신에게도, 부하들에게도, 적진 한가운데에 혼자 있는 그 망할 애송이에게도.

몇 번 주먹을 쥐었다가 펴는 것을 반복하며 짧게 기도한 라이오스가 천천히 한숨을 내쉬었다.

아렌트와 약속한 삼 일에서 이제 하루 조금 더 남은 시점이었다.

* * *

그 뒤로 제법 지루한 시간을 보내야만 했다.

워렌에게 잔소리를 들은 뒤 제법 경계가 심해진 용병들은 더 이상 그와 말을 섞으려 하지 않았다. 아렌트도 굳이 그들을 더 괴롭히지는 않았다.

이미 알아낼 것은 다 알아냈으니까.

'빛의 신에게 버림받은 자들을 구원해 준다고.'

구원은 개뿔.

용병들이 입을 모아 떠들어 대던 말들이 아직도 귀에 선했다.

제 인생이 구렁텅이로 빠진 건 루체 신에게 버림받은 탓이고, 그걸 구해 준 것이 레베카와 악신 체르니온이라고.

지금껏 저지른 범죄 행각들은 모두 신을 위한 거였다는 정당화를 해 대고 있었다.

언젠가 악신이 재림할 날을 기다리면서 레베카와 자신들은 열심히 일하고 있으며, 어느 정도의 희생은 어쩔 수 없다는 식이었다.

특별히 선발되어 본단에 오게 된 인원들은 따로 교육과 훈련을 거친 뒤 세례를 받고 나서야 이 성에 발을 들일 수 있다.

'악신교의 신관이 내려 주는 세례라…….'

머리부터 발끝까지 검은 로브를 뒤집어쓴 통에 성별조차 구분이 가지 않았다고 했다.

용병들은 모두 입을 모아 말했다.

그 신관이 기도를 마친 뒤 머리 위에 손을 얹어 줬는데, 따스한 기운이 몸을 감싸는 것 같았다고. 그리고 넓은 옷소매에서 특이하게 생긴 팔찌를 보았다는 이들도 있었다.

 분명 '므네모시네의 숨결'이었다. 세례라는 건 사람들의 기억에 수작을 부리는 과정이었을 테고.

 신도 하나하나에 직접 손을 대는 것을 보니 비밀 유지에 상당히 공을 들이는 것 같았다.

 '하지만 워렌은?'

 워렌은 세례를 받지 않았다. 레베카 곁에 있으면서 싫든 좋든 많은 정보를 접했을 텐데, 그에게 내려진 조치는 없었다.

 그 말인즉, 레베카의 소유욕과 신앙은 따로 작동했다든가, 워렌이 여기에 있는 것은 교단의 의지가 아니라든가…….

 웨어울프는 좀처럼 찾아보기 힘든 전력이니 여기에 머무는 것을 허락해 줬다고 하더라도, 만일을 대비해 보험을 걸어 두는 편이 좋았을 텐데.

 다른 말단 놈들은 하나하나 손을 봐 놓고, 정작 가장 강한 워렌은 그냥 방치했다는 건 확실히 이상한 일이었다.

 '어쩌면 이게 실마리일지도.'

 신앙이 없는 사람에게 그 아티팩트는 통하지 않는다…… 그런 가설이 머릿속에 세워졌다.

 "귀찮게 됐군."

결국 그게 통하는지 아닌지의 여부로 신앙의 유무를 판단할 수 있다는 뜻이었다.

기분이 조금 언짢아지려고 했다.

아렌트는 짧게 한숨을 쉬고 눈을 꾹 감아 버렸다.

소파에 드러누워 얼마간 시간을 죽이니, 바깥이 소란스러워진 게 느껴졌다. 무시하고서 좀 더 눈을 감고 있으려고 했는데 문이 열리더니 워렌이 들어왔다.

아렌트는 한쪽 눈만 슬쩍 뜨고서 그를 보았다.

"왜?"

"라이오스 경이 근처까지 접근했다더군."

워렌이 조금 긴장한 얼굴로 말했다.

"따라와."

덩치가 산만 한 웨어울프를 시큰둥하니 바라보던 아렌트가 군말 없이 벌떡 몸을 일으켰다.

복도를 따라 걷는 내내 워렌은 단 한마디도 하지 않았다. 다른 용병들도 이미 전투 준비 지시를 받은 건지 자신의 자리로 향할 뿐, 두 사람에게는 시선조차 주지 않았다.

주변이 조금 조용해지자 워렌이 입을 뗐다.

"만약, 정말로 승산이 없다고 여겨진다면."

아무런 감정도 느껴지지 않는 건조한 한마디였다.

"난 그날 수행하지 못한 임무를 오늘 완수할 거다."

"……"

라이오스가 실패한다면 아렌트를 제 손으로 직접 죽이겠다는 소리였다.

"욕해도 좋다. 너를 여기까지 끌어들인 건 다름 아닌 나니까. 하지만 난……."

"실컷 처맞기만 한 주제에 말이 많다?"

하지만 그의 말은 끝을 맺지 못했다.

우뚝 걸음을 멈춘 워렌이 황당하다는 시선을 보내오자, 아렌트는 피식 비웃음을 보내 주었다.

"할 수 있으면 해 보든가."

툭, 그의 어깨를 친 아렌트는 성큼성큼 앞서 나가 버렸다.

* * *

"왔어?"

집무실에 들어선 두 사람을, 레베카는 반가운 친구라도 만난 것처럼 살갑게 맞이했다.

그녀 곁에는 장신의 남자가 기척도 없이 우뚝 서 있었다.

빈센트가 그랬듯, 새하얀 가면으로 얼굴을 가린 사내가 시선을 돌려 이쪽을 바라봤다.

'변태 가면 2호인가.'

마치 유령 같은 존재감이었다. 레베카 바로 옆에 서 있는데도 인기척이 거의 느껴지지 않았다.

승리자가 정의다 〈279〉

"그대인가. 빈센트를 죽인 것이."

마치 변조한 것 같은 음성이 흘러나왔다. 함께 온 워렌은 안중에도 없는지, 그는 아렌트만을 가만히 주시하고 있었다.

"그렇다면?"

"……."

스륵.

남자가 소리 없이 발걸음을 떼어 천천히 거리를 좁혀 왔다. 꼭 사냥감에게 접근하는 맹수처럼.

아렌트 코앞에서 우뚝 멈춰 선 그가 스산하게 윽박질렀다.

"그런 주제에 감히 목숨을 구걸했다고."

가면 너머의 눈동자에서 흐릿한 존재감에 가려졌던 살기가 온전히 드러났다.

본능적으로 느껴졌다. 저쪽은 마음만 먹는다면 단숨에 아렌트를 죽일 수 있다. 그에 반해 이쪽은 검도 아티팩트도 없는 상황이었다.

금방이라도 살이 베일 것 같은 감각에 손끝이 저릿해질 지경이었다.

하지만 목숨의 위협 따위에 표정이 굳는 것은 '아렌트' 가 아니었다.

아렌트는 천천히 호흡을 가다듬으며 몸에서 힘을 풀었다.

"왜 못 해? 다 먹고살자고 하는 짓인데."

어둠에 가려진 눈을 똑바로 응시하며 내뱉는 입가에 익숙한 비웃음이 드리워졌다.

"죽기 싫으면 먼저 물어 죽여야지. 고작 견습 기사에게 당해 죽을 목숨이라면, 어차피 길게 살지도 못했겠네."

"……."

"오래 살고 싶었으면 애초부터 사람 상하게 하는 짓을 하지 말았어야지."

남자는 관찰하는 것처럼 아렌트를 천천히 뜯어보았다.

흔들림 없는 눈동자에서부터 폭언을 내뱉으면서도 한 치의 흔들림 없는 어린 티 남은 얼굴, 그리고 여유롭게 버티고 선 다리까지.

아렌트 역시 그 시선을 피하지 않고 고스란히 받아들였다.

하지만 머릿속으로는 열심히 기억을 뒤지는 중이었다.

유령 같은 기척에 나뭇가지처럼 긴 남자, 느긋한 바람에 흔들리는 천 같은 몸짓에다 서늘한 음성, 그리고 허리춤에 자리 잡은 유달리 긴 장검까지.

'블레이크.'

이름 하나가 자연스럽게 떠올랐다.

'성검의 푸른 기사'에 나온 반군의 핵심 전투원 중 한 명이었다.

아티팩트 소지자가 나타날 것은 예측했지만, 블레이크는 상정 밖의 인물이었다.

그도 그럴 것이…….

그는 서리 어린 손길의 원래 주인이었으니까.

'다른 아티팩트를 손에 넣은 건가.'

전신을 덮은 로브 때문에 어떤 아티팩트를 지닌 건지 확인할 수 없다는 게 조금 아쉬웠다.

"재미있군."

진득한 침묵 후, 블레이크가 감정 없이 툭 내뱉었다.

휙 몸을 돌린 그는 다시 레베카 곁으로 돌아갔다.

"라이오스 드 윈프리드를 처리하고 아티팩트를 회수하겠다. 그는 오래 살려 두면 언젠가는 교단의 큰 적이 될 거다."

"준비는 끝났습니다, 블레이크 님. 함께 오신 분들도 이미 위치로 이동하셨습니다."

"그래, 잘했다. 나도 슬슬 움직여야지."

"네, 알겠습니다."

레베카가 블레이크에게 살짝 고개를 숙이고는 워렌에게 명령했다.

"워렌, 아렌트 경의 검을 가져와."

"뭐?"

"함께 싸워야지. 목숨을 구걸하고 싶다면서?"

그렇게 말하며 그녀는 아렌트를 향해 의미 있는 시선을 보냈다.

블레이크가 고저 없는 목소리로 덧붙였다.

"내 눈앞에서 라이오스 드 윈프리드를 상대해라. 그러지 못하겠다면 우선 너부터 죽이겠다."

담담히 사실만을 전하는 어조에서 그의 진심이 느껴졌다.

저도 모르게 아렌트의 안색을 살핀 워렌은 아연실색하고 말았다.

이런 순간에도 놈은 웃고 있었으니까.

"나 참. 내 목숨이 언제부터 그렇게 비쌌다고 노리는 사람이 이렇게 많아."

황금색 눈동자에는 서리 어린 손길의 주인에 걸맞은 싸늘함이 깃들었다.

"내 손으로 단장의 목을 따 오면, 이 알량한 목숨값으로 충분하겠나?"

"……."

표정을 알 수 없는 흰 가면 너머의 눈동자가 아렌트를 찬찬히 뜯어보았다.

마치 신기한 물건을 살피는 것처럼.

하지만 그것도 잠시, 블레이크는 그에게서 시선을 떼고 몸을 돌렸다.

"이만 움직이지."

　　　　　＊　＊　＊

저녁 어스름도 완전히 가라앉은 시간.
서늘한 공기가 짙은 어둠 속에 녹아든 가운데에 산짐승 우는 소리만 불길하게 흩어졌다.
질식할 것 같은 투지와 함께 무기를 꽉 쥔 용병들은 서슬 퍼런 눈으로 어둠 저편을 노려보았다.
실수란 용납되지 않았다.
세상의 가장 밝은 곳에서 모든 것을 누리던 저들은, 어둠에 갇힌 자신들을 핍박하는 빛의 끄나풀들이었다.
그런 놈들을 자신의 손으로 끌어내린다?
이런 절호의 기회는 두 번 다시 찾아오지 않으리라.
마침내 밤하늘 저편에서 다그닥 다그닥, 낯선 말발굽 소리가 빠른 속도로 돌진해 오기 시작했다.
적을 불태워 버릴 기세로 치솟는 횃불이 높이 올라가고, 드디어 적들의 그림자가 두 눈에 가득 담겼을 때, 누군가가 목소리를 드높여 외쳤다.
"적습이다!"
그것이 신호였다.
라이오스와 아서, 리히트 역시 전방에 포진한 적들을

확인했지만 달리는 속도를 전혀 늦추지 않았다.

날카로운 창들이 돌진해 오는 기사들을 향해 똑바로 겨누어졌다.

창끝에 꿰뚫리기 직전, 기사들은 달리는 말을 박차고 뛰어올랐다.

이히히힝!

말이 길게 울음을 뿜어내며 엉뚱한 방향으로 내달렸고, 기사들은 적이 포진한 한가운데에 착지했다.

매끄럽게 뽑혀 나온 검이 횃불을 반사해 번뜩이고……

라이오스가 낮게 외쳤다.

"뚫어라!"

"예!"

명령은 그것으로 충분했다. 용병들이 미처 대비하기도 전, 셋은 땅을 박차고 적들 사이로 파고들었다.

"놈들이다!"

"막아! 막아라!"

용병들이 급히 방어에 나섰지만 이미 때는 늦은 뒤였다. 가장 먼저 앞으로 튀어 나간 아서가 제 앞을 가로막은 적의 목을 단칼에 쳐 날렸다.

"……!"

목숨을 잃은 용병의 몸뚱이가 바닥에 채 허물어지기도 전, 아서는 곧장 다음 목표물을 향해 달려들었다.

견고하던 포위망이 흐트러진 틈을 타 리히트 역시 움직이기 시작했다.

아서에게 시선을 빼앗긴 이들을 한꺼번에 베어 낸 우직한 기사는 시신을 밟고 적들을 거세게 몰아붙였다.

순식간에 숨이 끊어진 용병들의 몸뚱이가 숱하게 바닥을 뒹굴고 난 뒤에야 가까스로 한 명이 리히트의 앞을 막아섰다.

카아앙!

검과 검이 부딪치는 쇳소리가 하늘을 찢었다.

잠시나마 리히트의 움직임이 멈추자 남은 용병들이 우르르 달려들었다.

하지만.

푸욱.

리히트를 노리고 검을 치켜든 한 용병의 심장에 아서의 검이 파고들었다.

"어딜 감히."

검이 무자비하게 뽑히자 사방으로 피가 튀었다.

그대로 몸을 비틀어 공격을 피한 아서는 반동을 이용해 다음 적의 목을 쳤다.

"크아아악!"

그러는 사이 제 앞을 막아선 용병을 간단히 베어 낸 리히트가 외쳤다.

"단장님, 먼저 앞서가십시오! 뒤따르겠습니다."
"부탁한다."

아서와 리히트가 연 길을 따라 라이오스가 땅을 박차고 달려 나갔다.

긴 창을 든 용병들이 나서 봤지만 상대가 될 리 없었다.

라이오스의 검이 번뜩이나 싶더니 날카롭게 갈린 창끝이 모조리 잘려 나갔다. 순식간에 무기를 잃은 용병들이 멍하니 눈을 깜빡이고 있을 때, 무자비한 검격이 그들의 목을 갈랐다.

미처 고통을 느낄 틈도 없었다.

놀란 표정 그대로 용병들은 바닥에 쏟아져 피를 쏟아냈다.

라이오스가 선두, 리히트와 아서가 양옆을 맡아 세 사람은 끊임없이 적들을 베어 나갔다. 압도적인 수를 상대하면서도 절대적인 강함으로 적들을 밀어붙였다.

비명과 고함, 그리고 무기가 부닥치며 을씨년스럽던 고성은 순식간에 아수라장이 되었다.

그리고 블레이크는 성의 가장 높은 곳에서 그 모든 것을 가만히 지켜보았다.

"……역시 명불허전인가."

여전히 무감정한 어조였지만 그 속에 실린 탄성만큼은

진심이었다.

위에서 내려다본 세 사람의 위용은 대단했다. 적은 머릿수로 순식간에 전장을 휘어잡아 버렸으니까.

리히트와 아서도 강했지만, 라이오스의 활약은 대단했다.

두 사람이 비집어 놓은 틈을 뚫어 내고는, 한번에 여러 명의 적을 베어 내며 두 사람에게 갈 부담을 줄이고 있었다.

마치 한 몸처럼 연계해 움직이는 그들은 발사된 포탄처럼 거침없이 직진했다.

목적지는 물론 아렌트가 있는 이 성이었다.

"정말 대단하군."

"그러게, 강한 놈만 골라서 준비하라니까. 어중이떠중이로는 상대 못 한다고."

멀지 않은 곳에서 들려온 시큰둥한 목소리에 블레이크가 고개를 돌렸다. 신음처럼 흐른 워렌의 짧은 탄성에 건성으로 대꾸해 준 견습 기사는 무심하게 아래의 상황을 지켜보고 있었다.

놈의 무표정한 얼굴에서는 아무것도 읽어 낼 수 없었다.

'저놈에게 가면 따위는 필요 없겠지.'

젊은이에게는 어울리지 않는 평정심이었다.

블레이크는 손끝으로 제 가면을 쓸어내렸다.

대놓고 살기를 흘렸음에도 약간 긴장할지언정, 전혀 두려워하지 않던 모습이 아직도 눈에 선했다.

지금도 마찬가지였다.

숱한 적들을 상대하는 동료들을 보고도 전혀 동요하지 않았다.

'정말 저들에게 일말의 정도 없는 것인가……'

그게 아니라면, 저 정도 적에 당할 리 없다는 신뢰의 증거인지.

별난 것을 좋아하는 레베카가 탐을 내는 까닭도 충분히 이해할 만했다.

하지만 레베카 역시 어렴풋이 느낀 것 같았다. 섣불리 삼켰다가는 독이 될지도 모른다는 것을.

그러니 놈을 독차지하는 대신 교단에 도움을 청한 걸 테고.

옳은 판단이었다.

저 애송이를 죽여 버리는 건 어렵지 않겠지만, 솔직히 그러기는 너무 아까운 패였다. 하지만 그대로 품기에도 너무나 위험했다.

아렌트 폰 에크하르트는 최근 교단에서도 주시하는 인물이었다.

뜬금없이 나타난 그는, 이스트 금고에 강도로 위장하고 쳐들어간 교단 소속 전투원들을 모두 무력화하고 서리 어린 손길까지 강탈했다.

당시 말단들의 실수로 황실에 꼬리가 잡혔다는 건 알고 있었지만, 그리 큰일은 아니라 판단했다.

'당시 황실 쪽에 쓸 만한 줄을 댔다는 보고가 있긴 했었다.'

그 줄이라는 게 바로 저 견습 기사였다.

황실 기사단에 연줄이 생긴다면 나름대로 교단에 도움이 될 터. 그래서 교단 측에서도 조사에 들어갔었는데…….

하지만 얼마 지나지 않아 쓸모없는 패라는 게 판명되었다.

입단 당시에는 천재라 불리며 기대를 한 몸에 받았으나, 지금은 처치가 곤란한 망나니 취급으로 전락했다나.

정보 몇 개나 조금 빼낼 수 있으면 다행일까 싶었지만, 얼마 뒤 배신 행각이 발각당해 체포됐다는 소식에 관심을 아예 꺼 버렸다.

'분명히 그랬는데…….'

칠칠치 못했던 과거의 모습은 거짓이었는지.

감옥에 갇혔다가 사면된 뒤, 어느새 저 어린 기사는 황태자의 복심으로 불리게 되었다.

아티팩트에 대한 정보는 어디에서 얻었으며, 이스트 금고를 습격할 계획은 어찌 알아냈는지, 어떻게 바닥까지 떨어졌다가 다시 올라올 수 있었는지.

모든 게 수수께끼였다.

'그렇기에 빈센트는 그를 교단의 배신자라 여겼던가.'

하지만 그것도 확실치 않았다.

무엇보다 아티팩트 정보는 '부서진 심장의 검' 내에서만 공유되던 고급 정보였으니까. 그만한 핵심 세력이 배신했다면 윗선에서 알아차리지 못했을 리가…….

"신이 뭔데?"

그때, 다시금 들려온 아렌트의 목소리가 그를 상념에서 깨웠다.

"신이 도대체 뭐기에 이렇게까지 해? 목숨을 내던질 정도로 중요한가?"

"……."

정말로 이해가 안 된다는 낯짝이었다.

그의 시선은 기사들이 아닌, 눈 깜빡할 사이에 숱하게 죽어 나가는 용병들에게 닿아 있었다.

"빛 아래에서 돼지처럼 편안하게 살아온 너는 모르겠지."

"엉, 모르겠는데."

하지만 돌아온 말은 시큰둥하기만 했다.

"그래, 뭐. 살아남는 것보다 중요한 게 있을지도 모르지. 하지만 살아남으려고 어쩔 수 없이 나쁜 짓을 했다는 놈들이, 이제는 신을 위해서 목숨을 버리겠다는 게 웃기잖아."

"……."

"살려고 어쩔 수 없이 사람을 해친 것인데 사회의 낙오자, 악인으로 낙인찍힌 게 그렇게 억울했다. 그래서 자신을 보듬어 줄 신에게 감사한다더군."

용병들과 함께 맛대가리 없는 술을 마시며 들은 이야기였다.

"결국 그 말인즉, 지금껏 해 온 짓들은 모두 생존이 달린 일이라 문제없다는 뜻인데, 그 결과가 개죽음이라면 아무런 의미도 없는 거 아닌가?"

그때, 아서 앞에 한 사람이 나타났다.

주변에 있는 용병들과는 다른 옷차림이었다.

리히트 역시 누군가에게 가로막혀 멈칫했다.

적진 한가운데까지 파고든 세 사람을 따로 떼어 놓을 요량으로 투입된 블레이크의 수하들이었다.

역시 오합지졸들과는 다른지, 그들은 거침없이 진격하던 아서와 리히트의 발목을 붙잡는 데 성공했다.

전투의 양상이 조금 변했다.

두 사람이 뜻밖의 적에 고전하기 시작하자 라이오스 역시 멈칫했지만, 얼마 지나지 않아 둘을 내버려 두고 다시 전진하기 시작했다.

아렌트가 말한 그대로였다.

그 모습을 묵묵히 바라보던 블레이크가 다시 입을 열었다.

"개죽음이 아니다. 순교지. 자신들의 어리석음을 뉘우치고 쓰레기 같은 목숨을 이제야 가치 있게 사용하는 거다."

"저게 가치 있어 보인다니, 심미안이 영 없군."

아렌트가 짧게 비웃음을 흘렸다.

"좀 더 직설적으로 말해. 사탕 발린 말에 쉽게 넘어온 저 버러지 같은 목숨들을 제물로 바쳐서 위에 있는 놈을 끌어내리고 싶은 거잖아."

"……그 말도 틀리지 않다."

잠시 뜸을 들이던 블레이크가 긍정했다.

"이 땅의 존재들이 빛의 신을 따르는 까닭은 그가 과거의 전쟁에서 승리했기 때문이지. 결국 승자의 이름만 남는 게 세상의 이치다."

결국 끝까지 살아남은 자가 영웅으로 추앙받았듯, 힘겨루기에서 이긴 신이 정의로서 이 세상을 지배하게 되었다는 말이었다.

"패배자는 그림자 속에서 복수의 때를 기다리지. 태양이 언제나 떠 있지는 않듯, 위대한 지배자의 등에도 언젠가는 반드시 칼이 꽂히기 마련이다. 그리고 새로운 규율이 이 땅에 세워지겠지."

"결국 이긴 놈이 정의가 된다는 말에는 동감이야."

아렌트가 피식 웃음을 터뜨렸다.

"빛의 신이든 악신이든, 누가 옳은지 뭐가 중요해? 결국 중요한 건 어느 쪽이 살아남느냐, 이건데."

황궁에서 지껄였다가는 당장에 신성 모독으로 생매장 당하기 딱 좋은 대사였다.

쓸데없는 대화를 나누는 사이, 어느새 라이오스와 나머지 두 사람의 거리는 상당히 벌어져 있었다.

모두가 분투하는 가운데, 빠르게 접근해 온 라이오스는 금세 성의 지척까지 다다랐다.

"젠장, 뭐가 이렇게…… 크아아아악!"

라이오스의 검에 베인 적이 내지르는 비명이 들려왔다.

누군가가 떨어뜨린 횃불이 번져 불이 치솟았고, 매캐한 연기와 함께 피비린내가 코를 찔렀다.

"그러니까 나는 이기는 쪽 편을 들 거야. 그래야 내가 활개 치고 다닐 수 있을 거 아냐."

자기 자신의 안위만 확보할 수 있다면 기사단의 뒤통수를 칠 수도 있고, 이미 안정된 세계에 업화를 불러일으키려는 반란 세력과도 손을 잡을 수 있다.

지독하게도 불경하면서도 이기적인 그 말은, 지금껏 그가 보인 행보와도 일맥상통하는 말이었다.

가면에 가려진 블레이크의 얼굴이 약간 일그러졌다.

"그대야말로 정말 추하군."

"나도 알아."

원색적인 비난에도 아랑곳하지 않았다. 원래 더럽고 치사하고 추한 게 '아렌트'니까.

"근데 그거 아냐? 변태 가면 2호."

"……뭐?"

마음속으로만 부르던 호칭을 드디어 입 밖에 꺼내 놓자 블레이크가 한 박자 늦게 반응했다. 한순간 제 귀를 의심한 것이다.

아렌트는 그를 똑바로 마주 보며 유쾌하게 웃었다.

"원래 이런 건 주인공이 이겨."

그게 바로 고전적인 권선징악 스토리의 규칙이니까.

자신이 시퍼렇게 두 눈을 뜨고 있는 이상, 이 이야기는 절대로 비극이 될 수 없을 것이다.

아렌트의 검이 매끄럽게 뽑혀 나오는 것과 동시에 워렌 역시 신체를 변형시켰다.

콰아앙!

두 사람의 일격이 블레이크의 장검에 싱겁게 가로막혔다.

웨어울프와 기사의 힘을 동시에 버텨 내면서도 그에게는 벅찬 기색이 전혀 보이지 않았다.

"얕은 수를 쓰는군."

"왜. 처음부터 반쯤은 예상했던 거 아냐?"

아렌트가 씨익 웃었다.

하지만 여유 부릴 틈은 길지 않았다. 블레이크가 강한 힘으로 검을 휘둘러 워렌과 아렌트를 강하게 쳐 냈기 때문이었다.

굳이 버티지 않고 뒤로 물러나 거리를 벌린 아렌트는 워렌을 힐끗 보았다.

"물어뜯을 사람 잘못 찾은 거 아냐? 나 죽인다면서."

"제발 그 입 좀 닥칠 수 없나?"

짜증스럽게 으르렁댄 워렌이 다시 블레이크에게 달려들었다. 블레이크는 이번에도 수월하게 성난 발톱을 막아 냈다.

두 사람의 공방은 제법 치열했다.

순식간에 늑대 모습으로 변신한 워렌이 길게 울부짖으며 날카로운 이빨을 드러냈다.

"레베카가 너를 제법 믿는 것 같았는데, 아쉽군. 지금이라면 돌이킬 수 있다."

길고 가느다란 팔 어디에서 그런 힘이 나오는지, 블레이크는 워렌과 대치하는 상황에서도 시종일관 담담하기만 했다.

워렌의 눈동자에 강한 증오가 깃들었다.

"믿는다고? 그냥 이용하기 좋은 수집품 중 하나였겠지."

"그게 그렇게 중요한가?"

특유의 음산한 목소리가 가면 너머에서 들려오더니, 콰아앙! 강한 힘이 폭발하며 워렌을 튕겨 냈다. 예상치 못한 상황에 잠깐 당황했지만, 워렌은 금세 정신을 차리고 제 가슴을 향해 날아드는 공격을 쳐 냈다.

두 사람이 정면으로 충돌하며 강한 풍압이 주변을 휩쓸었다. 블레이크의 검을 발톱으로 막아 내는 워렌의 팔이 잘게 떨리기 시작했다.

웨어울프의 강한 근육으로도 버티기 힘든 압력이 가해지고 있다는 뜻이었다.

"그대에게도 딱히 손해 보는 일은 아니었을 텐데. 가족은 살아남았고, 레베카의 측근으로서 그대도 부유한 생활을 누렸잖나."

"그랬지. 지금도 순간마다 후회 중이다."

어쩌면 다른 방법이 있을지도 모른다.

황궁에서야 당장 가족들 안위가 급했기에 기사들과 협력하기로 했지만, 아렌트가 이 성으로 들어오고 난 이후 시점부터는 분명히 다른 선택지도 존재했다.

기사들의 계획을 모두 레베카에게 알렸더라면.

레베카와 줄다리기하며 시간을 끌던 아렌트가 사실은 결코 기사들을 등지지 않을 거라는 사실을 귀띔해 줬더라면, 분명히 결과는 달라졌을 것이다.

하지만 워렌은 그러지 않았다.

"내린 선택을 철회하지는 않을 것 같군."

"그래. 다 좋은데, 술맛이 별로였었거든!"

비틀린 미소를 지은 워렌이 한쪽 팔을 들어 블레이크를 세게 내려쳤다. 하지만 그 공격은 보이지 않는 방어막에 가로막혔다.

콰아앙!

단단한 벽을 내려친 것 같은 소음과 함께 주변 공기가 뒤흔들렸다.

블레이크가 검을 휘두르자 워렌의 거구가 그대로 튕겨 나왔다.

우당탕, 바닥을 뒹구는 그를 향해 몸을 날리는 블레이크의 앞을, 아렌트가 막아섰다.

카아앙!

검과 검이 부닥치며 거친 쇳소리가 터져 나왔다.

웨어울프도 버거워하는 그의 힘을 온전히 받아 낼 수 있을 리 없었다.

그래서 아렌트는 검을 옆으로 흘려 버리는 걸 선택했다.

그마저도 중력에 짓눌리는 것 같은 엄청난 압력에 절로 신음이 터져 나올 지경이었다.

몸을 비튼 아렌트는 곧장 블레이크의 머리를 노리고 공

격을 감행했다. 하지만 이번에도 역시 아렌트의 검은 적의 몸에 닿기도 전, 무언가에 막혀 튕겨 나오고 말았다.

퍼어엉!

아무것도 없던 자리의 공기가 폭발하며 아렌트의 몸을 날려 버렸다.

"……!"

가까스로 팔을 뻗은 워렌이 그의 뒷덜미를 잡아채 반대편으로 내던졌다. 덕분에 벽과 정면충돌하는 꼴은 면할 수 있었지만 차가운 바닥에 내동댕이쳐진 충격 역시 작지 않았다.

워렌은 바닥을 구르며 마른기침을 뱉어 내는 아렌트 앞에 버티고 섰다.

"방해되니까 가만히 있어라."

"……웃기고 있네."

휘청거리면서도 아렌트는 어떻게든 몸을 일으켜 세웠다.

"혼자 감당 가능하냐? 아까도 나 아니었으면 뒈졌을 텐데."

"네 나뭇가지 같은 몸뚱이는 별로 도움도 안 된다."

"이 나뭇가지 같은 놈한테 대차게 처맞고 감옥에 처박혔던 게 누구더라."

"처음부터 그냥 입을 찢어 버려야 했는데."

"응, 다음 냉동 늑대."

도저히 아군이라고는 여길 수 없는 살벌한 대화가 오간 뒤, 워렌이 한발 먼저 움직였다.

팔을 앞다리처럼 사용해 땅을 박찬 그가 블레이크에게 엉겨들었다. 하지만 이번에도 그의 공격은 적의 지척에서 가로막힐 뿐이었다.

또다시 공기의 흐름이 미묘하게 바뀌었다.

블레이크는 공기압을 자유자재로 다루는 것처럼 보였다. 그렇게 생각하면 웨어울프의 힘을 당해 내는 엄청난 괴력 역시 설명된다.

소설에서는 등장하지 않은 능력이었다.

서리 어린 손길을 얻은 대가가 이런 식으로 돌아올 줄은.

허공에서 가로막힌 워렌이 간신히 바닥에 착지하는 게 눈에 들어왔다.

'이건 사기잖아.'

유효타를 먹이기는커녕 몸에 닿지도 못한다니.

블레이크는 소설에서 라이오스도 한참을 고전하게 만들었던 워렌을 앞에 두고도 호흡 하나 흐트러지지 않은 채 상대하고 있었다.

공략법을 찾아내지 못하면 라이오스가 합류해도 상황은 마찬가지일 것 같았다.

아티팩트는 하나같이 말도 안 되는 힘을 가지고 있었지만, 모두 어느 정도의 한계가 있었다.

그 지점을 찾아내야만 했다.

아렌트는 워렌의 분투를, 정확히는 그의 공격이 가로막히는 지점을 집중해서 살폈다.

'범위가 한정되어 있나?'

시험해 보는 수밖에 없었다.

마음을 굳힌 아렌트가 검을 꾹 쥐고 워렌과 블레이크 사이에 끼어들었다.

콰아아앙!

검과 검이 충돌하며, 머리카락이 들썩일 정도의 풍압이 주변을 휩쓸었다.

전신에 가해지는 압력에 한순간 정신이 날아갈 뻔했지만 아렌트는 이를 악물고 버텨냈다.

끽, 끼기긱.

검이 서로 마찰하며 듣기 싫은 소리를 냈다. 상대의 힘을 온전히 버텨 내지 못한 아렌트가 한 걸음, 두 걸음씩 뒤로 밀려나기 시작했다.

팔이 덜덜 떨렸다. 거의 다 아물어 가던 상처가 터져 어깨를 붉게 물들이기 시작했다.

"대단한 사명감이 있는 것 같지도 않고, 남을 팔아 살아남을 길을 찾는 것 역시 꽤 익숙해 보이는데."

들려오는 음성은 여전히 무미건조했지만 그 속에 품은 의문까지 숨겨지지는 않았다.

"도대체 왜 이렇게까지 하는 거지? 얌전히 있었더라면 적어도 목숨은 부지할 수 있었을 터. 진심으로 내게 이길 수 있을 거라 생각한 건가?"

블레이크의 얼굴을 덮은 새하얀 가면에서는 여전히 그 어떤 표정도 찾아볼 수 없었다.

아렌트는 이를 악물고 강하게 밀어내려 했지만, 블레이크는 조금의 미동도 하지 않았다. 하지만 그것도 잠시, 가면남은 뒤에서 쇄도하는 공격을 감지해 냈다.

워렌이었다.

늑대 인간은 사납게 짖어 대며 적의 목덜미를 물어뜯으려 온몸으로 달려들었다.

블레이크는 몸을 억지로 비틀어 지금껏 대치하던 아렌트를 날려 버리고 워렌을 향해 돌아섰다.

쾅!

아렌트가 나가떨어진 뒤 워렌이 교대하듯 검을 받아 냈다. 그의 날카로운 이빨과 검면이 충돌했다.

턱을 있는 힘껏 앙다물고는, 양손 역시 동원해 도신을 붙잡았다.

"……!"

두꺼운 가죽을 뚫고 칼날이 손바닥을 파고들었다. 뜨거

운 피가 사방으로 튀었지만 워렌은 손을 풀지 않았다.

그러는 사이, 다시 몸을 갈무리한 아렌트가 땅을 박찼다.

기척을 알아차린 블레이크가 움직이려고 했지만, 워렌의 손바닥에 콱 틀어박힌 검은 꼼짝도 하지 않았다. 그 틈을 놓치지 않은 아렌트는 두 사람 사이로 파고들어 검을 휘둘렀다.

신경질적으로 혀를 찬 블레이크는 워렌의 가슴팍을 힘껏 걷어차고 응대했다.

워렌이 나가떨어진 순간, 아렌트의 검이 날카로운 궤적을 그리며 새하얀 가면에 선명한 금을 새겼다.

쩌적.

반으로 갈라진 가면의 아래 부분이 툭 떨어지며 블레이크의 턱이 고스란히 드러났다.

그 역시 이런 상황은 미처 예상하지 못한 듯 입을 살짝 벌린 채로 잠시간 굳어 있었다.

입가에 흐른 피를 닦아내며 아렌트가 이죽였다.

"아하, 아티팩트를 쓸 때 안전거리를 확보할 필요가 있는 모양이지? 너무 가까이에 있으면 발동 못 하는 걸 보니."

가면 아래에 드러난 창백한 턱이 으득, 살벌하게 이를 악물었다.

"왜 이렇게까지 하냐고 물었냐? 이유가 어디 있어? 해야 하니까 하는 거지."

비틀비틀 몸을 일으켜 세운 아렌트가 비릿한 미소를 지었다.

이 빌어먹을 세상에 뚝 떨어져 떠맡게 된 배역에 충실할 뿐이었다.

"어떻게 사람이 하고 싶은 것만 하고 살아? 너희 신이 그런 것도 안 가르쳐 주든?"

"언제는 하고 싶어서 했다며, 미친 새끼야……."

비틀비틀 몸을 추스르던 워렌이 그 와중에도 태클을 걸었다.

이랬다저랬다 하는 건 둘째치고, 아무튼 사람 복장 뒤집어 놓는 데는 확실히 일가견이 있는 것 같았다.

계속 평정심을 유지하던 블레이크가 결국 노기를 감추지 못하고 으득, 이를 악물었다.

"더러운 빛의 종자 주제에……."

"사이비 반란 분자 주제에 말이 많네."

울컥 치밀어 오른 피를 바닥에 퉤 뱉어 낸 아렌트가 다시 검을 움켜쥐었다.

"그 웃기지도 않는 가면을 안 뒤집어쓰면 표정 관리도 제대로 안 되나 봐? 오늘 너 죽고 나 죽는 거야, 변태 가면 자식아."

손바닥이 터지고 터져 피가 줄줄 흘렀고, 얼굴은 금방이라도 쓰러질 것처럼 창백했다. 하지만 눈동자만큼은 처음과 다를 바 없는 비웃음을 머금은 채였다.

"빈센트, 그놈 곁으로 보내 줄 테니까 기대해. 오랜만에 만나서 회포나 풀라고. 단장도 아니고 고작 견습 기사의 손에 나란히 뒈졌다고."

"……너는 오늘 꼭 내 손에 죽는다."

깨진 가면 아래, 분노에 찬 낯이 형편없이 일그러졌다.

콰아아앙!

그의 주변으로 거센 폭풍이 휘몰아치기 시작했다.

발걸음이 조금 떨어지나 싶더니, 그의 신형이 홀연히 사라졌다. 다음 순간, 블레이크가 나타난 곳은 아렌트의 바로 코앞이었다.

"……!"

카아앙!

반사적으로 치켜든 검에 블레이크의 거센 공격이 닿았다.

그는 계속해서 아렌트를 몰아붙였다. 일격 하나하나가 감당하기 힘들 정도로 강했다.

몇 합을 가까스로 쳐 내던 아렌트는 목을 노리고 날아드는 검격을 맞받아치는 데 성공했지만, 그 힘을 이기지 못하고 나가떨어졌다.

승리자가 정의다 〈305〉

블레이크가 마무리를 지으려는 순간, 워렌이 뒤에서 달려들었다.

"이런 버러지만도 못한 놈들이!"

검을 한 손으로 고쳐 잡은 블레이크는 늑대 인간을 향해 손을 뻗었다.

쿠아아앙!

허공에서 일어난 강한 폭발이 워렌을 정면으로 덮쳤다.

뒤로 튕겨 나간 워렌은 공중에서 몸을 빙글 돌려 바닥을 박차고 다시 돌진했다.

곧장 응대에 나선 블레이크는 바로 옆에서 쇄도해 오는 예기에 저도 모르게 고개를 돌렸다.

조금 떨어져 있다 싶더니만, 어느새 코앞까지 접근한 아렌트가 검을 크게, 그리고 빠르게 휘둘렀다.

"……?!"

까아앙!

그 공격을 막아 낸 블레이크는 경악을 금치 못했다.

'흉내?'

이건 자신이 했던 공격과 똑같은 움직임이었다.

이런 긴박한 상황, 찰나의 순간에.

적이 가해 온 공격을 똑같이 모방하는 것이 가능한 일인가?

한순간 당황한 그는 워렌이 자신을 덮쳐 온다는 것도

한 박자 늦게 깨달았다.

아렌트를 발로 걷어찬 뒤 급히 몸을 숙였지만 워렌의 발톱이 어깨를 찢어 놓는 것은 미처 피하지 못했다.

후두둑.

새빨간 피가 바닥에 떨어졌다.

믿을 수 없는 광경을 본 사람처럼, 블레이크는 멍하니 제 어깨에 남은 상흔과 피를 번갈아 보았다.

가면 아래에 드러난 얼굴이 처참하게 일그러졌다.

하지만 그게 끝이 아니었다.

"이, 이 새끼들은 뭐야?!"

"모두 제압해라!"

문득 성 아래에서 이질적인 외침이 들려왔다. 기겁한 용병들의 비명에 뒤이어 누군가의 호령이 밤하늘을 뒤흔들었다.

"와아아아아!"

"루체 신의 이름으로, 한 놈도 남기지 말고 토벌해라!"

블레이크는 무언가 잘못 돌아가고 있음을 깨달았다.

황급히 고개를 든 그는, 후들거리는 팔에 의지해 간신히 몸을 일으킨 아렌트와 눈을 마주쳤다.

"꼴…… 좋다, 새끼야."

노골적인 비웃음을 지으며 아렌트는 블레이크의 어깨 너머를 손가락질했다.

동시에.

쿠웅!

블레이크는 등 뒤에서 무언가가 바닥에 내려앉는 육중한 기척을 느꼈다.

"세상에서 제일 칼 잘 쓰는 분이 오셨거든."

극이 클라이맥스에 다다랐으니, 드디어 주인공이 등장할 차례였다.

(배신 기사의 유쾌한 신의 5권에서 계속)